1501...
Nace Villafranca
de la Marisma

1501...
Nace Villafranca
de la Marisma

FRANCISCO TOLEDO ROMÁN

EDICIONES PANGEA

Primera edición: noviembre de 2025
Segunda edición: marzo de 2026

Del texto: © Francisco Toledo Román

De esta edición: © Ediciones Pangea, 2026
41720 Los Palacios y Villafranca, Sevilla
www.edicionespangea.com

Edición al cuidado de José Peña Fierro
Ilustraciones de cubierta y contracubierta: Leonor de Carlos Aznar
(@estudioencolor)
Composición de cubierta: Adrián Elías Rangel Vanegas

ISBN: 979-13-991623-7-0
Depósito Legal: SE 390-2026

Impresión: Ulzama Digital
Impreso en España / *Printed in Spain*

*A las personas que tienen que dejar su tierra
a la búsqueda de una vida mejor.*

*Al Ayuntamiento de Los Palacios y Villafranca
y su Delegación de Educación, por su colaboración
en la publicación de esta obra.*

Taller de Historia Creativa:

Aguasanta Jurado Sánchez
Dolores Triguero Escalera
Isabel López Moral
Juan Núñez Mayo
Julio Cid Barea
Mª Victoria Serrano Toro

Colaboradores en los *podcasts*:
Antonio Fernández Sotelo
Aurora Galán Bernal
David Blanco del Valle
Florián Ramírez Luna
Gerardo León del Castillo
Joaquín Gavira Bejines
José Manuel Serrano Toro
Juan Manuel Valle Chacón
Luis Díaz García
Mª Jesús Reina Fernández

ÍNDICE

LA HISTORIA COMIENZA

 **M** i nombre es **Francisco de Orellana**, y soy escribano del cabildo de Villafranca de la Marisma en este año del señor de mil y seiscientos y treinta y uno, siendo rey de las Españas Felipe IV.

Todo comienza cuando en el ejercicio de mi oficio escribo una copia simple de la Carta Puebla emitida por el Concejo de Sevilla para la creación de Villafranca de la Marisma en mil y quinientos y uno, con el objeto de preservar este documento para la posteridad.

1501… Primer año del nuevo siglo… De un siglo que está marcado en la Historia como inicio de la modernidad, que luego llamaron Edad Moderna. Y vaya si lo era.

De entrada, quienes gobernaban, Isabel I de Castilla y Fernando II de Aragón, no tenían nada que ver con los monarcas antiguos (y me refiero a los del siglo pasado). Su autoridad es indiscutida, ya que los nobles que la tuvieron liada en la anterior época están perfectamente controlados; los últimos que cayeron bajo el poder y control de los llamados Reyes Católicos (aquí se vio la mano del papa aragonés Alejandro Borgia VI) fueron la casa de los Guzmán (de Medina Sidonia) y los Ponce de León (ducado de Arcos), que nos los encontraremos en esta historia que ahora comienza.

Pero antes de que los protagonistas de la creación de esta población a cinco leguas de Sevilla tomen la palabra, yo quisiera contaros lo que ocurrió antes de esa fecha de 1501.

Y por empezar por un momento interesante nos vamos a ir a 1477, cuando Isabel y Fernando (Fernando e Isabel... tanto monta, monta tanto...) llegaron a Sevilla en plena guerra por la sucesión al trono tras el fallecimiento de Enrique IV el Impotente que, por cierto, no había dejado testamento... o al menos no se supo nada de él. Con lo cual las aspirantes al trono, Isabel, medio hermana del rey muerto, y Juana la Beltraneja, supuesta hija del susodicho, se enfrascaron en una guerra civil abierta.

Aunque aquí no había unanimidad al respecto, ya que se decía que Juana era hija de Beltrán de la Cueva, de ahí lo de la Beltraneja, consejero del rey y muy amigo de la reina Juana de Portugal. Hay que decir en descargo de este personaje que nunca expresó ser padre de Juana y que luchó en la guerra apoyando al bando de Isabel. En fin, un juego de tronos[1] de toda la vida...

Son recibidos por el mayordomo del señor de La Algaba, que los conduce hacia la sala donde deliberaba la comisión municipal. Atraviesan el patio central ocupado por el suave murmullo de una fuente. Por una señorial escalera suben a la planta superior, donde los espera el resto de los integrantes de la comisión.

En ese último encuentro la comisión iba a tomar las decisiones sobre los temas que se les había encargado con el fin de llevarlas a la reunión del Cabildo que tendría lugar el 21 de noviembre próximo.

Preside la sesión el licenciado Juan de Montesdoca, lugarteniente del asistente real Juan de Silva. Y además de los dos jurados, con voz pero sin voto, forman parte de la comisión Melchor de Maldonado, Lope de Agreda, comendador Alfonso Santillán y Alfonso de Jaén de Roelas, representantes de los *veinticuatro*[3].

Comienza la reunión con la toma en consideración de la propuesta de Lope de Agreda sobre la pertinencia o no de haber llevado la reunión a la casa del duque de Medina Sidonia, conocido el claro enfrentamiento de esta casa con la de Ponce de León dentro del Concejo hispalense. Se somete a votación y es desechada por tres votos contra dos. Este equilibrio de poder dentro del Cabildo es habitual dada la disputa ancestral que tienen ambas familias.

A continuación, toma la palabra Juan de Montesdoca:

—Tomada en consideración su propuesta y, aunque ha sido rechazada, será comunicada para que la tengan en cuenta en próximas convocatorias de comisiones municipales… Como todos sabemos, nuestra misión es tomar decisiones sobre dos temas a los que el Cabildo dará salida en cuanto se lo comuniquemos el próximo día 21 de noviembre… Uno de ellos es el informe sobre las causas de la subida desorbitada del precio del trigo en las alhóndigas de la ciudad. Y el otro informe se refiere a la creación de una nueva villa franca a cinco leguas de Sevilla, en el camino a Jerez.

Francisco de Pinelo, que estaba actuando como escribano de la comisión, abre el turno de palabra y lee lo que se había acordado el día anterior:

—Respecto al tema de la subida de precios de la fanega de trigo en la alhóndiga, se está de acuerdo que eso está motivado por el hecho de que hay un desvío del producto a otros menesteres. En otras palabras, los grandes productores de grano lo venden fuera de Sevilla, con lo que hay menos trigo para su venta en la ciudad, y eso lleva a la subida descontrolada del precio, que ha pasado en apenas tres meses de valer seis reales la fanega a superar los veinte.

Juan de Montesdoca interviene antes de que se produzca un debate sobre el tema que ya había sido tratado en la anterior reunión que los llevó hasta bien entrada la noche:

—Como lugarteniente del asistente real Juan de Silva, tengo que recordar que nuestras Altezas Reales crearon la alhóndiga de grano de Sevilla con el objeto de evitar esta situación y que ha estado funcionando bien desde su puesta en marcha en 1478. Por otra parte, hay que cumplir la ordenanza real de que los causantes de esa retirada de grano sean sancionados acorde con el perjuicio producido... No tengo que recordaros el asunto del duque de Medina Sidonia y el anterior asistente real, Diego de Merlo, quien tuvo que prohibir la saca de trigo por parte del duque que lo estaba vendiendo en el puerto de Valencia con destino a Nápoles.

Hay un movimiento de inquietud entre los dos representantes en la comisión de la casa de Guzmán que Montesdoca ataja rápidamente:

—Pero este no es el caso... Lo he puesto únicamente como ejemplo de lo que ocurre cuando no se es estricto con el cumplimiento de lo acordado por sus Altezas Reales.

Alfonso Santillán, comendador de la Orden de San Juan, interviene para evitar entrar otra vez en ese debate:

—Venga... Todos sabemos cuál es la causa en estos momentos de esa subida del precio del trigo... y que lo que pasó nos sirva de referencia para entender por qué sube el precio de las cosas. Y ya sabemos que ahora mismo lo está produciendo el abastecimiento de mercancías a las galeras que Cristóbal Colón prepara en el puerto de Sevilla para el Nuevo Mundo. Y no estoy diciendo que la culpa la tenga nuestro más importante descubridor...

—Yo, Fernando de Espinosa..., y que conste en acta, como jurado y fiel ejecutor del Cabildo Municipal, quiero transmitir a esta comisión que la actuación de este Concejo tiene que ir en el sentido de exigir a la Casa de Contratación que reduzca el cargamento de trigo en esta ocasión y que negocien ambas instituciones la manera de hacer este envío sin que se produzca una falta en la demanda de la población. Porque nos podemos enfrentar a disturbios como los del motín del pendón verde que ocurrieron en este barrio de la Feria no hace tanto… Ya sabemos que la falta de pan y la desesperación de la gente necesitada puede ser un grave problema.

Hay un breve silencio de asentimiento a las palabras del jurado, con lo que Montesdoca aprovecha para dar por cerrado este primer tema de toma de decisión de la comisión:

—Así pues, esta comisión delegada por el Cabildo Municipal para establecer la solución a la subida del precio del trigo acuerda llevar a la próxima reunión del Concejo la propuesta de abrir negociaciones con la Casa de Contratación con el objeto de fijar los términos de venta de productos de primera necesidad para esta y futuras expediciones a la Indias… ¿Todos de acuerdo? Bien, pasamos al segundo punto del orden del día: la creación de una nueva población a cinco leguas de Sevilla, en el camino a Jerez, en la zona de la Marisma.

Se produce un movimiento de cartapacios y documentos que cada comisionado pone sobre la mesa y el presidente de la reunión abre el turno de palabra con Melchor de Maldonado, que había levantado la mano.

—Yo particularmente pienso que no merece la pena crear una nueva población cuando en ese lugar ya existe un núcleo de población que es Los Palacios del Atalayuela.

Alfonso de Jaén, *veinticuatro* recién incorporado al Cabildo Municipal de Sevilla por nombramiento del rey Fernando de Aragón, levanta la mano rápidamente y argumenta:

—Sí..., es cierto..., pero esa población es de señorío. Se encuentra gobernada por el ducado de Arcos.

—No creo que el señor de Los Palacios se oponga a que se dé vía libre a acoger más gente... —responde Melchor de Maldonado.

Interviene el presidente Juan de Montesdoca:

—Sería una contradicción jurídica dar carta franca real a nuevos pobladores que van a estar bajo la jurisdicción señorial... y estoy convencido de que sus Altezas Reales no lo aprobarían.

Apostilla el jurado Fernando de Espinosa:

—Sin contar con los pleitos constantes que hay registrados por parte del Alguacil Mayor a resultas de la usurpación de tierras por parte de los vecinos de Los Palacios del Atalayuela en el alfoz sevillano.

—Yo, como lugarteniente del Asistente Real, propongo que busquemos argumentos favorables a la creación de esa nueva población antes de enfrascarnos en el debate del conflicto de intereses entre la corona y ciertas familias nobiliarias. Por ejemplo, en la presencia desde hace mucho tiempo de unos vecinos que han construido sus chozas a la otra orilla del arroyo llamado La Rayya y que separa los dos asentamientos... Sería dar nombre a una realidad que, por la fuerza de los hechos, está presente en ese lugar.

Aunque se mantiene la voluntad de dos de los *veinticuatro* en cuanto a dar más peso al asentamiento poblacional de Los Palacios del Atalayuela, Francisco de Pinelo, como escribano de la comisión, va tomando nota de los distintos argumentos que se van a presentar al Cabildo para la emisión de una Carta Puebla de franquicias a los vecinos que decidan asentarse en aquel lugar.

Empezando por la necesidad de repoblar un territorio que había quedado despoblado a raíz de las luchas fronterizas con el reino de Granada en la Banda Morisca. Una vez concluida la conquista del reino nazarí, se ve necesaria dicha tarea de repoblación por diversos motivos: puesta en producción agrícola y ganadera de una amplia zona de la campiña de importante valor económico; por otra parte, se cubriría el control de la ruta entre Sevilla y Jerez apoyando la labor que ya se venía haciendo desde Utrera. Ambas localidades se sitúan a unas cinco leguas de la capital, distancia idónea para establecer ese control de personas y mercancías.

Un argumento que fortalece la postura de la creación de esta villa franca es el hecho de la necesidad de producir todo tipo de productos que se destinarían al abastecimiento de las embarcaciones con destino al Nuevo Mundo.

Se pasa, a continuación, a la redacción de la Carta Puebla⁴ que se presentará en el siguiente Concejo, a celebrar el 24 de noviembre de 1501. La Carta Puebla queda de la siguiente manera:

1501, noviembre, 24. Sevilla.

Sepan quantos esta carta vieren como nos, los alcaldes y el alguazil mayor y el asistente y los veynte y quatros caualleros rrejidores de la muy noble y muy leal ciudad de Sevilla, estando ayuntados en las casas de nuestro cavildo, según lo auemos de vso y costunbre, considerando que mientras más villas e logares se poblaren y edificaren en la tierra e término de la dicha ciudad es más noblesimiento de ella, e servisio del rrey (e de la reyna), nuestro(s) señor(es), e porque sus altezas sean más bien seruidos. Por lo qual, auemos acordado de fazer e poblar agora, nueuamente, en la tierra y término e juridisión de la dicha ciudad, cerca de la Marisma e del logar de Los Palasios, vn logar llamado Villafranca de la Marisma.

E por que a los que vinieren a poblar, vengan e poblen en él con mejor gana e voluntad, acordamos de dar algunas franquezas e ecensiones e liuertades a los dichos pobladores. E por la presente prometemos e otorgamos a todas y qualesquier personas, así omes como mujeres, de qualquier estado o condisión que sean, no siendo vesinos ni moradores desta ciudad e de las villas e logares de su tierra, que quisieren benir e vinieren a poblar al dicho logar, e se obligaren e dieren fianzas, a contentamiento de Rrodrigo Cataño, jurado y procurador mayor de la dicha ciudad, que del día que biniere a tomar e tome vezindad en el dicho logar en dos años primeros siguientes tendrá fecha e edificada cada vno vna casa para su morada, tejada con teja, a lo menos de sinco tijeras, y tendrán puesta vna aranzada de viña. E continuar la dicha vezindad e residir en ella al menos tienpo de dies años cunplidos. E no lo faziendo e conpliendo ansi, pagará a la dicha ciudad veynte mill maravedís de pena.

Sean francos y esentos, por tiempo de veynte primeros siguientes, ellos e sus hijos, de todos y qualesquier pechos e derramas e servisios e contribusiones de qualesquier calidad o condisión que sean, de que sus altezas se quisieren servir de la dicha ciudad e de las otras villas e logares de su tierra, así de rrepartimientos de jentes e bestias y mantenimientos y otras cosas para la guerra de moros, como de marauedís e pan e otras qualesquier cosas, en qualquier manera e por qualesquier razón e caso que sea, que dello, ni de parte de ello, no se heche ni rreparta al dicho logar de Villafranca ni a los vezinos e pobladores dél cosa alguna, mas que sean francos y esimidos de no pagar ni paguen ni les sea rrepartido cosa alguna dello.

Otrosí, sean francos e libres y esentos de pagar almoxarifasgo y almotesenasgo a la dicha ciudad, como lo pagan las otras villas e logares de ellas; ni paguen, ansimismo, ni les sea hechada ni rrepartida ynposisión alguna, ni otros derechos algunos, de qualquier calidad o condisión que sean, pertenesientes a las rrentas e propios de la dicha ciudad, salvo solamente el alcauala a sus altezas, porque la dicha ciudad no la puede della esimir.

Otrosí, le damos lisensia y libertad para que puedan traer y traygan sus ganados de vacas, ovejas e puercos e cabras en la marisma de la dicha ciudad, e las pueda comer e pastar con los dichos sus ganados librementes. Otrosí, que puedan traer y traygan sus vacas e novillos, yeguas y carneros [en la Ysla Mayor y en la Ysla Menor de la dicha ciudad, e las comer e pastar libremente con las dichas sus vacas e nouillos e yeguas e carneros], bien así e tan cunplidamente como las pastan y comen los vecinos de la dicha ciudad e sus collasiones, sin por ellos yncurrir en pena ninguna.

Otrosí, (que) le sean dados solares para que fagan y edifiquen las dichas cassas, e tierra en que planten e pongan las dichas viñas, grasiosamente, sin dineros ni otro presio ni tributo alguno en el dicho sitio [e lugar e términos]. E lo que en ella pusieren e plantaren e edificaren, sean suyas propias e de sus fijos y ereceros e desendientes; e las pueda bender e trocar e cambiar e dar e donar y enajenar y faser de ellas y con ellas como cosa suya propia. Lo qual se entiende después de auer pasados los diez años.

Otrosí, que les sea dado exido para donde anden sus bestias de servicio, y dehesa para donde anden sus bueyes y nouillos de labor, en logares conbinientes para ello.

Otrosí, que gozen y pueden gozar todos los otros previlexios e franquezas e libertades que gozan los otros vecinos desta ciudad e de las villas e logares de su tierra.

Otrosí, que tengan alcaldes hordinarios, alguazil e rrejidores e mayordomo, como lo tienen las otras villas e logares de la dicha ciudad. Los quales elixan cada año por el día de San Joan Bautista, e se vengan a confirmar: (los alcaldes), de los alcaldes mayores, y el alguazil, del alguazil mayor, e dellos rrejidores del cabildo de la dicha ciudad, conforme a las ordenansas de ella. E que los dichos alcaldes puedan conoser e conoscan de las causas seviles de primera instancia, e de las determinar; e la parte que se sintiere agraviada pueda apelar y apele ante qualesquiera de los alcaldes mayores de la dicha ciudad. E que en las causas criminales pueda rresivir la quexa e faser la pesquiza, así a pedimiento de parte como de su ofisio, e dar mandamiento al alguazil para prender al delinquente; e preso, dentro de tercero dia, enviarlo preso a la cársel del consejo de esta ciudad con la quexa o pesquiza, y dalla y entregalla al alcalde de la justicia della, como se faze y acostunbra fazer en la villa de Vtrera.

Otrosí, pueden tener y fagan alcalde de la Hermandade e sus quadrilleros, como lo tienen los otros logares de la dicha ciudad.

Lo qual todo y cada cosa dello se lo damos y otorgamos al dicho logar de Villafranca y a los pobladores e vesinos que agora fueren o serán de aquí adelante. E mandamos que le sea guardado, e no sea ydo contra ello ni contra parte de ello en tienpo alguno, ni por alguna manera. De lo qual mandamos dar esta nuestra carta, firmada de nos algunos de nos los dichos rrexidores e sellada con el sello del consejo de esta dicha ciudad pendiente.

Fecha, en veynte y quatro dias del mes de novienbre, año de el nasimiento de Nuestro Salvador Jesucrispto de mill y quinientos e vn anos.

Lo qual parece por los libros del cabildo de la dicha ciudad. Firmas: Fernando, dotor, el bachiller Juan de Mesa, Luys Mendes, Juan de Saavedra, Gonzalo Vasquez, escribano, y otras muchas firmas que no se pudieron le[e]r.

Yo, Francisco de Orellana, escribano público del cabildo desta villa de [Villa]franca doy fee que de vn libro a donde están sacados el previlexio desta villa y otros papeles, el uno signado y firmado de Pedro Sanches, escribano que fue desta villa, saqué este traslado que concuerda con el que está en dicho libro. Y lo saqué en veinte y dos de julio de mil y seysientos y treinta y vn años. Y en fee dellos fize mi signo en testimonio...

Francisco de Orellana,
escribano público (rubricado).

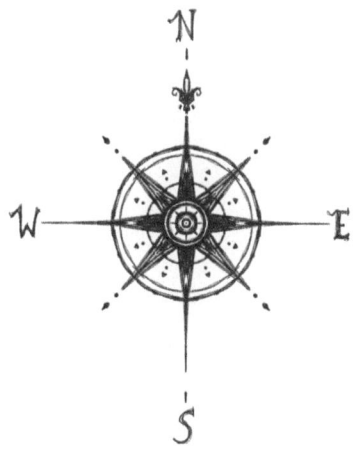

LA REPOBLACIÓN

Y o, Francisco de Orellana, cuando estoy escribiendo estas líneas (1631), sé que hace más de un siglo
había comenzado la tarea de repoblar la Banda Morisca.
Esa frontera peligrosa y montaraz que durante mucho
tiempo se había convertido en zona de nadie, donde las
banderías moriscas y cristianas campaban a sus anchas...

Esa era una de las razones por la que existían los
despoblados: la inseguridad que daba a la población que

se atreviera a asentarse en aquellos lugares. Todo eso iba a cambiar cuando nuestros reyes Isabel y Fernando concluyeron la conquista de Granada y asentaron su autoridad en las nuevas tierras.

Por lo que yo he leído y constatado personalmente, había otras razones que explicaban la existencia de los despoblados. Por ejemplo, habría que recordar que las continuas epidemias de peste y de otras enfermedades habían diezmado la población en Castilla durante el siglo XIV y que, en la siguiente centuria, apenas se recuperó. La famosa Peste Negra de mitad de ese nefasto siglo ha dejado en el imaginario colectivo una situación tan dramática que todavía se cuentan los horrores de la muerte por campos y ciudades... Muchos asentamientos quedaron sin población.

Luego estaban las guerras internas entre los partidarios de unos bandos contra otros: primero, la lucha fratricida entre el legítimo rey Pedro I de Castilla y de León con su hermanastro Enrique de Trastámara, que acabó usurpando el trono instaurando un período bastante turbulento y, posteriormente, con la guerra de sucesión a la corona castellana, después de la muerte de Enrique IV, entre Isabel de Trastámara y Juana la Beltraneja. Los efectos de una guerra sobre los campos y las poblaciones no necesitan explicarse, pero justifica que la población abandonara muchos lugares.

Ahí no acaban todas las explicaciones para entender el porqué de tantas zonas rurales abandonadas... Una que no debe quedar desapercibida es la presión que ejercía el poder señorial sobre el campesinado al considerarlo un pozo sin fondo de donde tirar para el pago de tributos y prebendas al señor: muchos se fueron a la ciudad, donde vivían mejor como mendigos y pícaros de la calle.

Algunas de esas explicaciones sobre el despoblamiento siguen presentes. Como escribano de esta villa de Villafranca de la Marisma, doy fe de que los primeros pobladores que llegaron fueron gente muy valiente, porque lo que se encontraron fue un espacio silvestre que había que ponerlo en producción. Y la ayuda que se prometía no fue tanta. Tuvieron que trabajar duro para sacar adelante a sus familias. Pero esa parte de la historia pertenece a Elvira González y Diego Algarín... y a sus cinco hijos: la mayor, Elvira, de ocho años; Diego, de siete; Catalina, de cuatro añitos, y los mellizos Isabel y Fernando, que nacen ya en la nueva villa franca.

Esta es su historia...

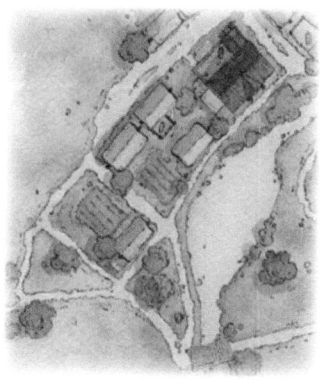

LA DECISIÓN

A Elvira González se la veía triste. Era una mujer joven, madre de tres hijos, y se le notaba falta de ilusión por la vida que llevaba. Vivía en Aguadulce, una aldea perteneciente a la encomienda de la Orden de Santiago de Estepa[5]. La vida era muy dura, pues la mayor parte de la población vivía de las tierras que pertenecían a la Orden y que, llegado el momento de la recolección, gran parte se lo tenían que dar al comendador. Sólo se quedaban con una pequeña parte para subsistir durante el resto del año. Normalmente, no era suficiente y solían pasar calamidades, en casas de barro y con techos de paja.

Había nacido en una familia campesina, siendo la mayor de cinco hermanos, y su infancia fue muy dura, pues al nacer su quinta hermana su madre falleció en el parto, con lo que tuvo que hacerse cargo de las tareas de la casa que antes llevaba su madre y del cuidado de todos los hermanos, con sólo once años.

Al estar su padre gran parte del día en el duro trabajo del campo, venía cansado y le exigía atención y cuidados. Siempre lo conoció con su carácter huraño y casi violento que aseguraba el maltrato a todos los hijos y más a ella por ser la mayor. En este ambiente hostil transcurrió su infancia y, con tal de salir de la casa paterna, se quedó embarazada a los quince años. Su padre no asimiló el embarazo y la echó de casa, por lo que se tuvo que casar con Diego Algarín. La boda fue fría, a una hora muy temprana de inicios del invierno, sin invitados ni celebraciones.

El nuevo matrimonio tuvo que irse a vivir a casa de los padres de Diego, que tampoco la aceptaron de buen grado. Allí vivían, además de los suegros, cinco hermanos del marido, y tuvieron que acomodarse en una pequeña habitación, de la cual ella salía muy poco: sólo para comer, hacer algunas tareas de la casa y lavar la ropa de toda la familia en el lavadero del comendador. Aquel era el único sitio donde se podía comunicar con otras mujeres, desahogarse con ellas, compartir vivencias y, cuando terminaba, volver a la casa y encerrarse en su habitación, donde pasaba el resto del día esperando a que el marido llegase del trabajo. Era una vida simple, monótona y sin ninguna esperanza de cambio. Una mañana en el lavadero, escuchó con atención lo que estaba contando una mujer mayor. Estuvo pensando en lo que la mujer había dicho, esperando con ansiedad que llegara la mañana del día siguiente para poder hablar con ella y preguntarle algunas dudas que tenía. La mujer se lo volvió a contar, pero esta vez con más detalles:

—Pues sí, Elvira, mi niña, se va a construir una villa a unas cuatro leguas al sur de la ciudad de Sevilla y que se necesitan familias para poblarla... Se lo escuché al pregonero del Cabildo de Sevilla antes de ayer, que estaba yo por la plaza y estaba dando unas voces... Dijo que a cada familia le darían un solar para que hicieran su casa, tierras para plantar vides y libertad de pastos para el ganado; que durante veinte años no tendría que pagar ninguna clase de impuestos...

Mientras estaba con la colada, Elvira se puso a soñar. La espera en su habitación a que regresara Diego se le hizo eterna. Estaba deseando contarle a su marido lo que había escuchado y lo que había pensado hacer.

Cuando Diego llegó del trabajo, venía cansado y con pocas ganas de escuchar lo que le estaba contando su mujer. Lo único que quería era descansar pensando en la tarea que lo aguardaba a la mañana siguiente cuando saliera el sol.

Diego era alto y fuerte, curtido por los trabajos del campo. Tez morena y destacando en su cara unos ojos castaños que rara vez revelaban su pensamiento. Llevaba el cabello espeso y oscuro. Sus manos, grandes y endurecidas, hablaban de una vida austera.

De carácter tranquilo, Diego no era hombre de muchas palabras. Era buen padre, buen esposo y mejor trabajador, pero durante años se había conformado con poco. Cuando a los dieciocho fue padre por primera vez, le pesó más el deber que la ilusión. Su mayor virtud era la firmeza; su mayor flaqueza: el miedo a lo nuevo.

Fue ya por la noche a la hora de dormir y acariciándole la cara cuando con un susurro apenas perceptible Elvira volvió a hablarle de lo que había escuchado en el lavadero:

—Diego, lo que me han contado de Villafranca es una oportunidad única. Nos dan un solar para edificar nuestra casa y una aranzada para sembrar vides. ¡Podríamos tener una vida distinta, mucho mejor que la que nos da el comendador! —Su voz temblaba de emoción, pero también de incertidumbre—. ¿Qué futuro nos espera aquí, Diego?

Diego suspiró profundamente y se frotó la frente, como si intentara despejar la nube de dudas que lo envolvía. Sabía que Elvira tenía razón, que lo que le ofrecían era un futuro con más esperanza, pero también entendía los peligros que implicaba tomar esa decisión.

—No lo sé, Elvira... Al menos aquí sabemos con qué contamos.

Elvira conocía bien a su marido: era un buen trabajador y buena persona, pero muy conformista con lo que tenía y sin ninguna inquietud por mejorar su forma de vida.

—¿Con qué contamos? ¿Con esta habitación que apenas nos cubre el frío? ¿Con un pedazo de tierra que no es nuestro? Y siempre con la incertidumbre de si mañana habrá trabajo o no...

Diego frunció el ceño, sabía que su mujer tenía razón, pero le acometían muchas dudas. Elvira, mirando la cama donde su hijo pequeño se quejaba de la *fiebre del inglés*, aprovechó el silencio de su marido.

—No lo sé, Diego, pero lo que sí sé es que no podemos quedarnos aquí, esperando a que la miseria nos consuma. A veces la única forma de conseguir lo que deseamos es arriesgarse, dar el paso. ¿Qué clase de vida podemos ofrecer a nuestros hijos si todo lo que les enseñamos es a vivir sometidos?

Diego apretó los labios y miró a su hijo dormido con sus mejillas enrojecidas. Elvira le pasó la mano por la mejilla.

Diego la miró fijamente por un momento, con su miedo y su amor por su familia chocando en su pecho. Era consciente de que Elvira tenía razón, pero la incertidumbre del porvenir le pesaba como una losa.

—De acuerdo, Elvira, nos iremos...Tal vez sea la única salida que nos queda. Hagámoslo por los niños, por su futuro. Si fallamos, al menos habremos intentado algo.

Elvira cerró los ojos y, por primera vez en su vida, sintió esperanza.

Pasaron unos días y Elvira empezó a desilusionarse al ver que la decisión de Diego flaqueaba. Mientras, la relación de Elvira con sus suegros iba de mal en peor, en un ambiente cada vez más insostenible porque siempre le estaban recriminando por todo lo que hacía o no hacía.

Todo se desencadenó cuando el padre de Diego abofeteó al hijo pequeño de Elvira y de Diego. El niño no lo había saludado al llegar a casa. Es verdad que el abuelo venía borracho de la taberna, pero aquello Elvira no lo iba a consentir y tuvo una riña descomunal con sus suegros.

Sorprendentemente, Diego tomó parte por su mujer y se enfrentó a su padre, que le dijo que podían irse cuando quisieran de su casa.

Elvira, Diego y sus tres hijos se dispusieron a hacer los preparativos para el viaje.

LOS QUE SE CASAN CASA QUIEREN

Yo, Francisco de Orellana, escribano del cabildo de Villafranca de la Marisma, me veo en la obligación de dejar por escrito todo lo que fue esta villa franca en su origen. Para ello no me ha importado visitar los archivos de los pueblos vecinos e incluso escudriñar en los registros judiciales durante años con el fin de dejar constancia de la manera en que vivían sus primeros pobladores[6].

Ya sabéis, lector de mis escritos, que en la Carta Puebla de 1501 se especificaba cómo tenían que ser las casas donde morarían sus habitantes. Y os lo digo porque ahora quiero dejar constancia de las condiciones habitacionales de aquella población. Para ello me ha sido de mucha ayuda el hecho de que en el momento en el que estoy escribiendo estas líneas se conservan en perfecto estado muchas de las primeras casas construidas.

De entrada, os tengo que decir que eran casas perfectamente adaptadas a las funciones derivadas de la dedicación agrícola y ganadera de sus moradores. Cuando estoy escribiendo estas líneas —año del Señor de mil y seiscientos y treinta y uno— mi pueblo ha crecido al otro lado de la Rayya en la zona de la Laguna y construido en las tierras de las huertas de una manera diferente: las casas en esos lugares son algo distintas a las originales.

Otro tipo de elementos que expande el espacio doméstico de las casas son los árboles que muchos vecinos tienen todavía en las puertas de sus residencias. Estos árboles —entre los que se encuentran parras, morales, granados y limoneros— suministraban frutos al hogar.

Para que os hagáis una idea de cómo eran las antiguas casas de Villafranca de la Marisma os voy a describir una de esas primeras viviendas.

Como he expuesto anteriormente, eran casas preparadas para cumplir su doble función de morada y de atención a las labores del campo. Por ello la casa que os describo tiene dos entradas: una que da acceso a las dependencias propias de la vida doméstica de sus moradores y otra en la parte de atrás que sirve para dar cobijo a herramientas, materiales, cosechas y animales de trabajo.

Así pues, según se entra por la fachada principal, nos encontramos con un zaguán —*sanjuán* decimos por aquí— adornado con una estera hecha de junco de la marisma y donde se halla una voluminosa tinaja de barro lebrijano junto a dos cántaros y un búcaro que sirven para tener la casa abastecida de agua proveniente de los pozos que ha habilitado el cabildo de la villa. El suelo está enladrillado al estilo moruno. Una persiana de esparto separa y da entrada a la parte principal de la vida doméstica de la vivienda. Se trata de una amplia estancia de cinco vigas de construcción que recibe la luz que entra por la ventana que da a la calle y permite reunir en ese lugar la función de estar y de cocinar.

El mobiliario que se puede ver es austero, pero suficiente para las labores que se realizan en ese espacio de la casa: en el centro, una amplia mesa de madera de pino junto con varias sillas con asiento de anea de la marisma —de diferentes tamaños para dar asiento a los mayores y a los infantes—.

Hay un banco junto a la mesa que ocupa todo el lateral izquierdo de la estancia y que sirve de apoyo a las labores que se hacen en la cocina. En la pared, cuelgan diversos utensilios: una caldera grande y otra pequeña de cobre, una cazuela de alambre y una sartén de hierro.

Hay un poyete de obra donde se observa una olla de barro, un almirez metálico y un mortero de palo. Junto a una piedra de afilar, se ordenan un cuchillo y cucharas de madera. Apoyado en el rincón, hay una piedra de moler y un molinillo de mano, así como tablas en las que se llevaba la masa hasta el horno de los Begines, panaderos de Villafranca de la Marisma.

En un hueco del poyete se encuentra las trébedes junto con la paleta y las tenazas con las que remover la lumbre. Un montón de sarmientos de vides esperan su turno de servir como combustible para el cocinado.

En «un armario de fusta de aparador» se encuentra el ajuar de la cocina: platos, escudillas y jarros —todo de barro—, un lebrillo cerámico donde elaborar alguna receta, así como una orza donde se conservan chacinas de la última matanza. Un mantel de lino y un mandil completan el contenido del armario. En el suelo, una espuerta de palma junto a un zurrón permite almacenar víveres de uso en la cocina: trigo, cebada, linaza y panizo.

Una aclaración antes de continuar con la visita a la casa: todos los detalles que os cuento, querido lector, querida lectora, los he ido sacando de las actas notariales de herencias, recogidas en el juzgado de parte de Utrera en torno al año del señor de mil y quinientos y ochenta y dos. Un archivo donde queda mucho por descubrir para sacar a la luz cómo era la vida rural en ese tiempo.

Dejamos atrás la cocina y se entra en un pasillo que enfila hacia la parte trasera de la casa: el corral. Pero antes, a la izquierda, se encuentra el lugar de la casa dedicado al descanso.

Se trata de una amplia estancia con una ventana que da al corral y que tiene claramente dividido su espacio. Se identifican los bancos de camas con sus correspondientes colchones y una cuna. En la época que os estoy contando, los padres dormían en una de esas camas y, en la otra, los hijos hasta llegar a la edad núbil, momento en que se procedía a buscar otro aposento para los hijos mayores.

Los colchones se describen de diferentes tamaños. Solían ser de lienzo, a veces pintados o listados, y su relleno variaba, pues los hubo de lana, de paja y de tascos. En un acta notarial de herencia he podido leer: «La cama era pobre: un jergón de lona relleno de tascos y atocha, que crujía con cada movimiento y guardaba el olor áspero del campo seco». Para apoyar la cabeza se usarían almohadas, a veces citadas como «cabeçal de cama».

El colchón se vestiría con diversas sábanas sobre las que luego se pondrían mantas o colchas. Las sábanas serían muy diversas en su tamaño, tejido y decoración. Desde las sábanas más pobres de estopa, pasando por las blancas de lienzo, a las hechas en seda de colores con bordados. Todo ello guardado en un cofre «como arca encorada y cubierta con cuero de caballo y de ordinario los guarnecen con cueros castaños claros que tiran a rojos».

Tal y como estáis comprendiendo con mi escrito, la casa rural de Villafranca de la Marisma de finales del siglo XVI era un espacio en el que la familia moraba y trabajaba. Esta laboriosidad doméstica giró casi siempre en torno a la agricultura, actividad que a su vez propició la presencia de animales en la casa, junto con otro tipo de labores enfocadas en la transformación de productos del campo.

Por eso la parte de atrás era el lugar donde se acumulaba todo tipo de útiles y herramientas dispuestos para el trabajo en el campo: arados, azadas y mancajes, rastrillos, horcas, hoces, harneros y cedazos. Y una parte importante ocupada por animales domésticos (gallinas, conejos, cabras...) y de labor (bueyes, burros y mulos, algún caballo...).

Si tuviérais que quedaros, querido lector, querida lectora, con una idea de cómo era la casa en Villafranca de la Marisma, tendría que destacar su sencillez en la construcción y en los materiales empleados, así como un espacio en el que las actividades productivas y reproductivas del grupo allí estante hallaban su acomodo. El escaso mobiliario que se enumera, con todas las dificultades y limitaciones que entraña su estudio, incide en esa idea de hogares «útiles», más bien sencillos y prácticos, al servicio de una sociedad vinculada con el ámbito rural y agrícola en el que habitaban.

LOS PREPARATIVOS

P asó la primavera, que fue muy lluviosa, y llegó el verano. Entonces fue Diego quien le comentó a Elvira:

—Ha llegado el momento de preparar las cosas para salir camino de Villafranca de la Marisma.

—¿Estás seguro, Diego? —preguntó Elvira con brillo en los ojos.

—Más seguro que nunca… Estoy completamente convencido de que allí estaremos mejor.

Sin más que decir, Elvira comenzó a reunir las pocas pertenencias que tenían. Los niños sólo tenían una muda de ropa para cambiarse, así como ellos. Eran de lino, estaban estropeadas y remendadas; tenían dos capas para el frío.

Elvira cogió también su viejo delantal, dos ollas, cuatro cucharas de palo, una aguja con hilo y tijeras, además de una vieja biblia y una cruz. Y lo metió todo en un viejo zurrón. Lo introdujo todo en la vieja arca de pino que se había traído de la casa de sus padres el día en que se casó.

Comenzó a preparar sus dos colchones, que rellenó de paja nueva de la última siega.

En una espuerta de palma, puso tres hogazas de pan, queso curado, algarrobas, un poco de carne salada, tocino y una bota de vino que iba llena de agua. Lo cubrió todo con un mantel y, mirándolo con aprensión, se dijo: «Espero que tengamos comida hasta llegar a Villafranca de la Marisma».

Mientras, Diego, que había estado trabajando durante meses a un vecino, le había cobrado su trabajo a cambio de un viejo mulo con todos sus aperos y de un carro. A pesar de la mala relación que tenía con su padre, este no puso inconveniente en que se llevaran cuatro cabras y seis gallinas.

A finales del mes de junio, lo tenían todo listo para el viaje.

Le quedaba por hacer la visita al contador del comendador de la villa de Estepa, Gonzalo de Aragón, para cerrar el trato de su liberación de las cargas que tenían los vecinos que decidían irse de Aguadulce.

Sabiendo que el comendador Juan Portocarrero era muy reticente a que la gente del lugar abandonara el territorio, Diego había hablado con el vicario, Ferrán González, que era tío de Elvira, la manera de afrontar este paso tan delicado.

Ambos se presentaron con los argumentos de que la salida de Diego y su familia no iba a mermar en nada los ingresos de la encomienda, ya que las tierras y el ganado atendidos por Diego iban a seguir siendo atendidos por el resto de sus hermanos. También sabían que, si pagaban el pecho de abandono del lugar, no iban a tener inconvenientes. Y, por último, llevaban preparada la orden real por la que se permitía a todo hombre o mujer de fuera de la ciudad de Sevilla y de sus villas poblar la zona de Villafranca de la Marisma.

Diego y el vicario se sorprendieron de que, desde el primer momento que expusieron las intenciones de la familia Algarín González de irse, el contador estuvo de acuerdo, ya que la Orden de Santiago desde tiempos del Maestre Lorenzo Suárez de Figueroa (a principios del XV) era muy favorable a los repobladores.

También hubo una razón oculta, que Diego y Elvira descubrirían más adelante, y era que cumpliendo la orden real de repoblar Villafranca de la Marisma se iba contra los intereses del señor de Marchena y de Los Palacios del Atalayuela, enemigo declarado de la Orden de Santiago en aquellas tierras del reino de Sevilla.

Diego no tuvo que hacer ningún pago, ya que la vicaría de Santa María la Mayor haría efectivo el impuesto, y Ferrán y Diego quedaron en que este haría todo lo posible por crear en Villafranca de la Marisma una ermita en honor a San Sebastián.

En una semana, Diego y Elvira podrían recoger del escribano Garci Ruiz de Navarrete el permiso para poder abandonar la encomienda de Estepa.

El día anterior a la partida, hicieron una última visita. En el cementerio que estaba junto a la iglesia de Santa María la Mayor se encontraban los restos de sus seres queridos. Sabían que no volverían a pisar aquella tierra. Elvira puso unos ramos de flores silvestres sobre las tumbas de sus padres y hermana, y no pudo evitar llorar mientras Diego se mantenía de pie respetando ese momento triste por el que estaban pasando.

Después de un tiempo, cogió a Elvira del brazo y dejaron atrás su historia familiar.

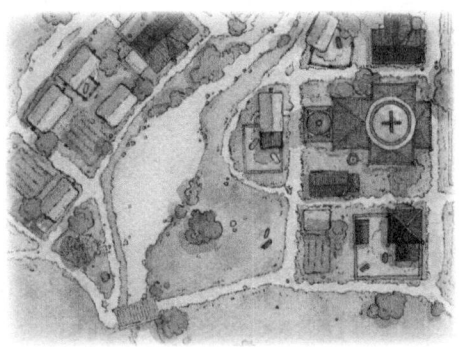

EL VIAJE

E l día veinte y cuatro del mes de junio del año del Señor de mil y quinientos y cuatro se pusieron en camino.

Diego, Elvira y sus tres hijos y, sin despedirse apenas de nadie, sólo de los hermanos y un adiós muy seco a su madre (el padre no se quiso despedir de ellos), salieron de la casa muy temprano, engancharon el mulo al carro ya cargado con sus enseres y empezaron el camino a su nuevo destino[7].

Elvira llevaba las riendas del mulo mientras que Diego y sus hijos mayores —Elvira y Diego— con la ayuda de *Careto* iban guiando a las cabras por el camino que los llevó a la villa de Osuna, adonde llegaron al atardecer. Subieron la cuesta que llevaba a la Colegiata de Nuestra Señora de la Asunción, donde, después de pedir hospedaje al prior, le permitieron pasar la noche en el patio del convento junto a otros viajeros. Fue la primera noche que todos dormían a la intemperie y Diego no pegó ojo por no fiarse de los extraños que pernoctaban en aquel lugar.

Llegó la mañana y, después de un frugal desayuno, se dispusieron a partir. Recogieron todo y su próximo destino sería Kasala (Puebla de Cazalla), a unas cinco leguas de Osuna. A eso del mediodía, mientras recobraban fuerzas y dormían, unos salteadores de caminos les quitaron dos cabras y no fue a más porque el perro los despertó a tiempo de hacer huir a los malhechores.

Este fue un momento crucial para todos ellos. Mientras los niños lloraban por el susto que habían pasado, Diego no pudo reprimirse:

—No teníamos que haber salido de Aguadulce... En Estepa teníamos todo lo necesario para vivir.

Elvira lo miró dolida y sin articular palabra rompió en un llanto callado mientras arreglaba todo lo que los ladrones habían dejado en su huida.

Con el ceño fruncido y los ojos brillantes, Diego se acercó a su mujer y la abrazó consolándola.

—Venga… Elvira, no te preocupes… Estamos todos bien y lo que hemos decidido lo vamos a hacer. Ya verás cómo todo va a ir mejor a partir de ahora.

Bastante desanimados, llegaron a las afueras de Kasala, donde una vecina les informó de que el mejor sitio para resguardarse por la noche era el convento de la Candelaria, que sería un lugar seguro para una familia. La madre priora del convento los acogió con mucho cariño y fue una noche de descanso para todos después de lo ajetreado del primer día de viaje. Diego y Elvira les agradecieron el hospedaje con un donativo que les aseguró el paso del río Corbones por el puente de piedra.

Comenzaron la caminata del tercer día de viaje poniendo rumbo a Ar-rahal. Les habían dicho en el convento que era un trayecto muy transitado por hatos de ganado que buscaban los ricos pastos de la sierra de Esparteros. De hecho, el nombre morisco del sitio significaba en cristiano *el descansadero*. Seguían su camino cada vez con más ilusión y menos leguas por recorrer.

El lugar donde pasaba la noche el ganado que iba camino de la sierra estaba bien vigilado por una cuadrilla de la Santa Hermandad. Así que pudieron relajarse aquella noche y estuvieron en una celebración que había por motivo de un bautizo. La fiesta estuvo acompañada de guitarras y cantos populares con presencia del alcalde de la villa, Juan Muñoz, por ser el padrino del bautizado. La familia Algarín González pudo comer bien aquella noche y divertirse con los bailes y cantes de la nación gitana.

Tenían por delante una jornada algo complicada porque les habían avisado de que el puente sobre el río Guadaíra se había roto con las últimas avenidas y ahora había que pasarlo por un vado que estaba cerca de Morón. Lo que significaba hacer unas cuatro lenguas más para llegar a Utrera.

Cuando llegaron al paso del río y estaban esperando, vieron cómo una carreta cargada de alpacas era llevada por la corriente porque habían fallado las sogas de la barcaza que manejaban desde la orilla.

Elvira y Diego dudaron y se plantearon subir hasta Alcalá de Guadaira, donde el paso del río se hacía por un puente de piedra. Pero eso significaba alargar el viaje dos días más, así que aceptaron el riesgo y, con mucho miedo, pasaron a la otra orilla.

Llegaron a Utrera ya atardeciendo. Temían que les esperaba una larga noche y que el cansancio de los niños podría hacerlos desistir del camino, pero tuvieron la suerte de cara cuando llegaron al Hospital de la Santa Resurrección de aquella villa y fueron atendidos como peregrinos del Camino de Santiago. Hasta sus animales tuvieron un pesebre donde comer y retomar fuerzas para el último tramo del viaje.

Fue una noche inquieta porque Diego y Elvira sabían que al siguiente día estarían en su destino. Durmieron abrazados en su viejo colchón de paja soñando con su nuevo hogar: Villafranca de la Marisma.

EL CAMINO DE LA FRONTERA

Habíamos dejado a nuestros protagonistas descansando en Utrera, a las puertas de su destino, porque quisiera contaros antes, curioso lector, una historia sobre los caminos que están andando nuestros protagonistas.

El pueblo llano puede que no se dé cuenta, pero entrar en una nueva centuria tiene su importancia, y os lo explico.

Antes de nada, tengo que deciros que, a partir de 1500, se pasó la moda de medirlo todo por la vara de la Iglesia, de la religión. Y no es que nos hayamos vuelto todos impíos; no, qué va... Es que se ha aprendido a poner en el centro de la vida a los seres humanos, a las personas, al hombre. Sí, ya sé que estamos en el Renacimiento... Aunque, bueno, ese es el nombre que le habéis puesto vosotros. Nosotros lo llamamos Edad Moderna. Sí, sí... Edad Moderna, porque no conocemos nada más actual que el tiempo que estamos viviendo y que tiene tal cantidad de cambios y novedades que parece que lo que pasó hace diez, quince años..., o sea, ayer mismo, pertenece a la Prehistoria.

Para que veáis que este tiempo no tiene nada que ver con el tiempo ya pasado de la Edad Media, ahora los reyes llevan a gala tener toda la autoridad y serlo por derecho divino, es decir, una creencia que ha llegado hasta nuestros días. Os recuerdo que yo, Francisco de Orellana, estoy escribiendo estas páginas en 1631.

Como muestra, nuestros Reyes Católicos, que allanaron el camino a su nieto Carlos I de Castilla y V de Alemania.

Habíamos dejado a la familia Algarín González en un viaje para cumplir sus sueños de mejorar de vida y un futuro para sus hijos. Y hay que decir que fue un tiempo de oportunidades: las guerras bajan en intensidad y número, se abren las rutas marítimas en la Mar Océana y asistimos a la toma de conciencia de que el mundo estaba interconectado tras la ingente labor colonizadora de Portugal y de España.

Antes de seguir con las andanzas de nuestros protagonistas, conviene detenerse en una realidad jurisdiccional que se vivía como reflejo de lo que fue durante la llamada Edad Media. Y me refiero concretamente al hecho de que la familia Algarín González venían de un territorio bajo el control de la Orden de Santiago con estrechos vínculos con el poder real.

Nada más lejos que las banderías de nobles que tuvieron que someter los Reyes Católicos. Y lo traigo a colación porque en este cambio de siglo seguía habiendo en este país dos realidades jurisdiccionales bien distintas: las tierras de realengo, donde podemos incluir las encomiendas de las órdenes militares, y las tierras de señoríos, herencia del sistema feudal anterior.

Para que os hagáis una idea —y en la historia de Diego y Elvira lo estamos contando—, resulta que las encomiendas que cedieron los Reyes Católicos a las órdenes militares se hacían con el objetivo de defensa militar de una zona de la frontera con el reino nazarí. Cuando la amenaza del reino de Granada se esfumó, las encomiendas tomaron el objetivo de repoblación de aquel territorio fronterizo que llamamos la Banda Morisca. En esta nueva situación es modélica la actuación de la Orden de Santiago, que había sentado sus reales en Estepa.

Conociendo el potencial productivo de los campos y de las gentes del lugar, esta orden militar iba a facilitar la repoblación haciendo llamada en todos los lugares de dicha orden, desde Estepa hasta el priorato leonés de San Marcos, donde dirigían todas sus propiedades.

No es extraño, pues, que el contador de la Orden de Santiago en Estepa, Juan Portocarrero, comendador de la orden en este cambio de siglo, permitiera la salida de

familias que pretendían repoblar otros campos impro-
ductivos. Sabiendo que sus encomiendas seguían siendo
lugares de atracción para otras familias.

Por todo ello no debe resultaros raro que, cuando
nuestra familia llega a Utrera, se encuentren con que
son recibidos como peregrinos del Camino de Santiago
una vez que constatan que venían de Estepa.

Por Utrera pasaba el Camino de la Frontera, que co-
menzaba más allá de Ronda y que llevaba a Sevilla para
después tomar dirección norte por la Vía de la Plata. En
esta época, todos los caminos conducían al lugar santo
de Compostela.

Yo, Francisco de Orellana, escribano de Villafranca
de la Marisma, os confirmo que hacer el Camino es re-
gresar a tu casa, a tu hogar, con tu gente, ya cambiado
para toda tu vida. No hay que ser creyente para sentir
ese cambio.

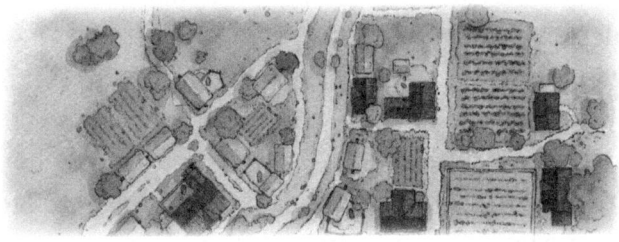

Autor: Jean-François Millet

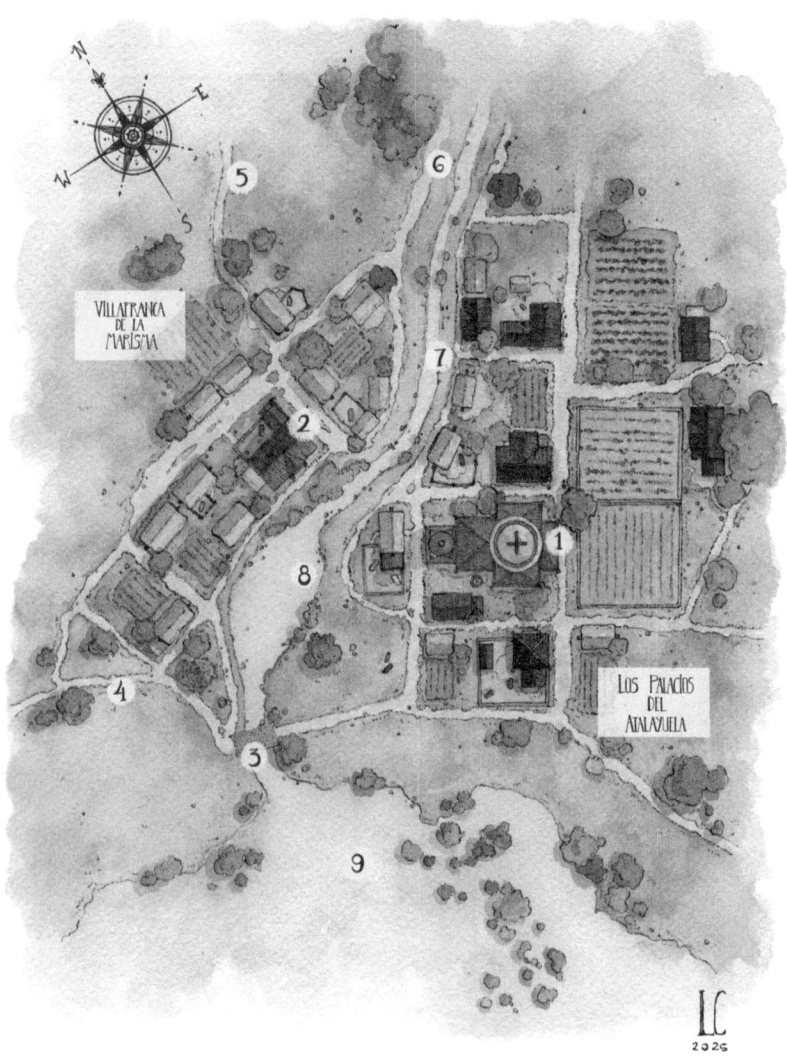

VILLAFRANCA DE LA MARISMA

LOS PALACIOS DEL ATALAZUELA

LA LLEGADA

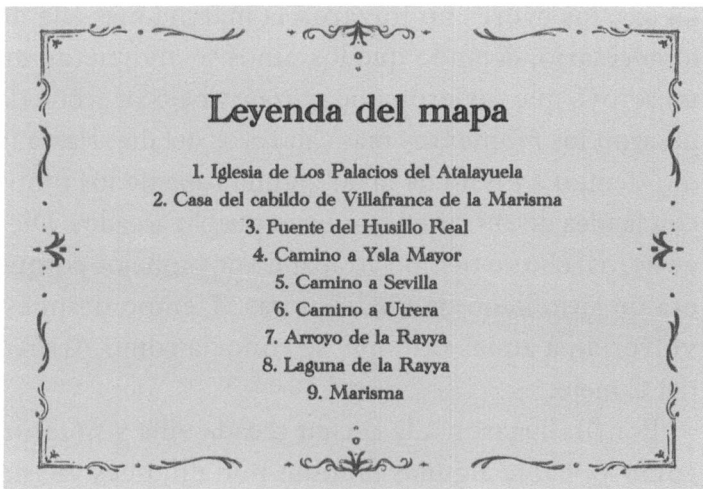

Leyenda del mapa

1. Iglesia de Los Palacios del Atalayuela
2. Casa del cabildo de Villafranca de la Marisma
3. Puente del Husillo Real
4. Camino a Ysla Mayor
5. Camino a Sevilla
6. Camino a Utrera
7. Arroyo de la Rayya
8. Laguna de la Rayya
9. Marisma

Aquel final del mes de junio estaba resultando especialmente caluroso. La mañana de su último tramo del viaje había amanecido con un sol radiante y un cielo azul intenso de principios de verano. El día prometía calor en toda la campiña que separaba Utrera de su destino en la marisma de Sevilla.

Con un donativo, se despidieron de las monjas que les habían atendido y prometieron a los pies de la virgen de Consolación que volverían en peregrinación en cuanto se hubieran asentado en la villa franca.

Como la distancia a recorrer ese día era de unas tres leguas, los padres no forzaron la marcha más allá de lo necesario, dejando que los niños se divirtieran en un arroyo que tuvieron que cruzar, y bajo su arboleda pasaron los momentos más calurosos del día. Hasta le dio tiempo a Elvira de lavar alguna ropa de los niños con la idea de entrar en su nuevo pueblo aseados. Diego aprovechó su tiempo atrapando dos conejos porque era un sitio lleno de madrigueras. Tiempo después, volverían a aquel sitio que se conocía como Arroyo del Conejo.

Por fin llegaron a la recién creada villa y notaron como ya había algunas familias por allí, pues vieron construidos varios tapiales con techumbre de pasto. Alrededor de las casas, había bastante trasiego de personas, que se detuvieron por un momento en su trabajo para observarlos. Algunos perros y niños jugaban próximo a un arroyo que se abría a una laguna lindante con otro pueblo sobre una colina.

Se dirigieron a una mujer mayor sentada en su puerta que sostenía en brazos a un niño y se presentaron:

—Buenas tardes, somos Elvira y Diego. Acabamos de llegar desde bastantes leguas de distancia… Nos gustaría saber dónde tenemos que ir para recoger los documentos que dan a los nuevos pobladores.

La mujer, que dijo llamarse Isabel, les indicó que fueran a la casa más grande y terminada que había un poco más adelante siguiendo la ribera del arroyo. Allí estarían los oficiales del Concejo de Sevilla para atenderlos. Les dijo que quien dirigía todo aquello se llamaba Rodrigo Cataño.

Siguieron un poco más adelante y llegaron al lugar donde se encontraba la persona consignada por el Cabildo de Sevilla para hacer los trámites con los nuevos pobladores de Villafranca de la Marisma.

—Elvira, quédate tú aquí con el carro y los niños mientras voy a hablar con esa persona —dijo Diego a su mujer mirándola con una sonrisa nerviosa marcada en su cara. Elvira estaba muy seria en ese momento...

Quedó ella junto con los niños a la espera en una explanada junto al arroyo. Un momento de zozobra atenazó el ánimo de Elvira, que lo echó con un hondo suspiro mientras miraba cómo *Careto* ya había hecho amigos con otros perros del lugar. Lo interpretó como una buena señal y se sentó junto al carro manteniendo bien sujetas las dos cabras y sin perder de vista las andanzas de sus hijos.

—Buenas tardes.

Elvira se llevó la mano a la frente para taparse del sol que caía y que la deslumbró cuando levantó la cabeza para ver quién la había saludado. Era una mujer de su edad más o menos, cargada con un chiquillo en el cuadril.

Elvira se levantó y saludó con una sonrisa nerviosa:

—Muy buenas tardes nos dé Dios...

—Me llamo Ana. He visto que acabáis de llegar. Estaréis cansados... ¿Son tuyos? —Señaló a los niños de Elvira, que jugueteaban al lado del arroyo.

Elvira respondió sin perder ojo a la más pequeña, que estaba demasiado cerca de la orilla.

—Sí... Los mayores son Elvira y Diego. La más chica se llama Catalina.

—Y tú, ¿cómo te llamas?

—¡Huy!, perdona... Me llamo Elvira. Me tiene nerviosa la chica. Está muy cerca del borde.

—No te preocupes, ahora lleva poca agua. Hace un mes llegaba hasta las puertas de las casas y la laguna había tapado los huertos de la otra orilla... Y ¿de dónde vienen ustedes?

Al recordar Elvira el sitio de donde venían, tuvo un nudo en la boca del estómago que afloró en su garganta y con lágrimas en los ojos.

—Venimos de Aguadulce, un pueblecito que está cerca de Estepa.

—¡Vaya, no sois los primeros! Yo llevo aquí dos años con mi marido y mis hijos. No es fácil al principio, pero hay trabajo y buena tierra. ¿Traen ganado?

—Lo que ve... Las cabras, algunas gallinas y el mulo. También algunas herramientas para el campo, para trabajar la tierra.

—Eso es bueno... Aquí se necesitan, y manos fuertes. ¿Tienen ya la tierra asignada?

—Diego, mi marido, ha ido a hablar con el oficial.

—Si necesitan ayuda, aquí estamos... —dijo Ana con una sonrisa sincera—. Bueno, voy a hacer la comida para la cena. Mi casa es la primera de la hilera. Si quieren, que con tantos días de viaje estaréis agotados... —Y mirando a los hijos de Elvira—: Para que los niños cenen algo caliente...

Elvira no supo qué responder ante tanta generosidad y se le humedecieron los ojos.

—¡Ah! Y hablaré con mi marido para que esta noche la paséis en mi patio y los animales estén resguardados en el corral.

—Muchísimas gracias... Gracias —acertó a decir Elvira con un nudo en la garganta.

Mientras Elvira se quedaba pensando que no estaban solos en aquella nueva población, Diego había llegado a la casa que les había indicado la vecina y estaba a la espera de que un oficial, al que había dicho su nombre, le diera paso. Se sacudió las perneras de las calzas, que estaban llenas de polvo del camino. Se escuchó desde dentro una voz dándole paso. Diego se quitó el sombrero y entró.

Rodrigo Cataño era un hombre de mediana edad con una calva incipiente, vestido a la usanza de la ciudad y que tomó el pergamino que había recibido Diego del escribano de Estepa. Mientras, Diego aguardó de pie con el sombrero entre las manos, dándole vueltas.

Le sorprendió la voz del jurado:

—Diego Algarín... de Estepa... Traéis familia, supongo.

—Sí, señor... Mi mujer Elvira y tres hijos: Elvira, Diego y Catalina —respondió con firmeza.

La persona con la que estaba le daba confianza y se sintió tranquilo.

—Bien, Diego. Como sabéis, Villafranca de la Marisma será... es villa de realengo de la tierra del Sevilla, lo que significa que aquí no debéis tributo a señor alguno, sólo a la corona. ¿Sabéis leer?

—Sí, señor...

Ante esa respuesta, el jurado municipal levantó la mirada y la conversación siguió por otros derroteros.

—Pues entonces todo va a ser más fácil. Ya sabéis que con el fin de repoblar la zona tendréis algunos privilegios, que no sé si los conocéis.

—Sí, creo que tengo una idea de lo que nos ofrecéis, señor...

—Bueno, si sabéis leer, solamente tengo la obligación de recordaros que, si decidís abandonar la villa franca antes de diez años, tendréis que pagar veinte mil maravedís. Por el contrario, si permanecéis aquí durante veinte años, estaréis exentos de pagar impuestos. A cambio se os exige trabajar la tierra y vivir en la villa. ¿Aceptáis estas condiciones?

—Sí, señor... Las aceptamos —respondió Diego sin vacilar ni un momento.

Cataño le devolvió el documento que había traído de Estepa, desplegó otros dos pergaminos sobre la mesa y estampó un sello en cada uno.

—Este documento es una copia del original que queda en poder del Cabildo Municipal de Sevilla, por si alguna vez lo perdéis... Podréis leerlo tranquilamente después, pero tengo que deciros lo que contiene. Se os asigna solar y material para construir vuestra casa y una aranzada de tierra para viñas. La que os corresponde está a una legua más o menos, siguiendo el camino que lleva a Sevilla. Os hago saber que está lleno de maleza y matorral... En el borde de la linde, hay algunos árboles, los cuales podéis dejar, ya que no entorpecen para la siembra de las vides. El uso de pastos en la marisma para los animales de todos los pobladores está permitido. También estaréis obligado a contribuir con trabajos del común para mejora de la villa cuando sea necesario. ¿Alguna pregunta?

—Sí, señor. ¿Donde está el terreno para la casa?

—Ahora mismo os conduciré hasta el solar, pero antes debéis poner vuestra firma en los dos documentos: uno para mí y otro para vos.

El momento en que Diego escribía su nombre y signaba en los pergaminos fue muy recordado a lo largo de su vida. Agradeció en ese instante el tesón de su madre en que fuera a la escuela que la orden de Santiago había puesto en Estepa para los niños menores de ocho años. Se sintió fuerte y creyó firmemente que les esperaba un buen futuro en Villafranca de la Marisma.

Rodrigo Cataño ordenó al oficial de la puerta que cogiera el material necesario para marcar el nuevo solar adjudicado a la familia Algarín González. Cuando salieron, Elvira hizo ademán de levantarse y acercarse a su marido, pero este le hizo un gesto de que esperase.

Los niños habían dejado de jugar al ver a su padre con aquel señor que se dirigían arroyo abajo siguiendo la hilera de casas en construcción.

Mientras andaban, Diego había contado que la hilera tenía diez casas. Cuando llegaron al final, el oficial se paró y esperó a que Cataño abriera un plano y fijara el sitio donde clavar las estacas que iban a delimitar la casa de la familia Algarín González.

—Pues mirad, Diego... Vuestro solar es el último de la primera hilera de casas de Villafranca de la Marisma frente a Los Palacios del Atalayuela, al cual se llega por ese puente que cruza el arroyo. Vuestra casa estará esquinada con el camino que cruza ese puente. Todas las casas son iguales: cinco vigas con tapiales y un corral en la parte de atrás, doble en superficie a la de la casa. Mañana el oficial os pondrá en contacto con los oficiales albañiles para la construcción de los muros de la casa... En esto debéis ser presto y tenerla techada para el otoño, antes de las lluvias de San Miguel. ¿Tenéis algo que decir?

—Nada, señor, solo mi agradecimiento... Mañana me acercaré por vuestro despacho.

Mientras Rodrigo Cataño y su oficial se volvían al despacho, Diego se quedó un momento parado en medio de las estacas de su futura casa y mirando el horizonte infinito de la marisma que se veía por donde caía el sol. No pudo reprimir que dos lagrimones de felicidad cayeran por sus mejillas. Se las secó con las manos y se dirigió adonde lo esperaban su mujer y sus hijos.

SOBRE SEÑORÍOS Y OTROS ASUNTOS

 Si yo, Francisco de Orellana, estoy contando la historia de la familia Algarín González es porque he tenido delante muchos documentos en los que figuraban la firma de don Diego Algarín de Estepa. Me interesa decirlo ahora porque, una vez que ya están en Villafranca de la Marisma, se les echó encima un tiempo difícil para todos.

Mi puesto de escribano me convierte en un espectador privilegiado delante del cual han pasado tanto los tiempos actuales como los pasados. Y de esos quisiera hablaros para que vayáis entendiendo, lectores de esta historia, que cualquier tiempo pasado fue el mejor en su tiempo y que no tratemos de explicarlo con las ideas del presente.

Y teniendo enfrente de Villafranca de la Marisma un lugar de señorío como era Los Palacios del Atalayuela, quiero contar la importancia de los señoríos a lo largo de los últimos dos siglos (os recuerdo que yo estoy viviendo en 1631) y, especialmente, el XVI.

Antes ya de que los Reyes Católicos pusieran pie en pared a muchas casas nobles de Castilla y Aragón, se estaba produciendo un incremento de dominios señoriales y, sobre todo, la culminación de procesos de concentración a los que nuestros monarcas no fueron ajenos. Lo cual ha traído un rosario de denuncias, querellas y pleitos que hablan por sí solos de la complejidad de las relaciones entre los diferentes poderes del momento. Vaya por adelantado que el funcionamiento de estos señoríos presenta múltiples aristas y perspectivas donde se desarrollan la cara y la cruz de estos[8].

El mecanismo para la formación de señoríos y, con ellos, de mayorazgos pasaba en muy buena parte por una amplia variedad de circunstancias. Así se reconocía en un memorial: «...todas las juridixiones y merzedes que los señores reyes pasados en lo antiguo hizieron a sus vasallos fueron contraídas por razón de la defensa a la frontera de los moros...».

Las donaciones reales (mercedes), compras, herencias y dotes eran las estrategias más recurridas para el crecimiento del patrimonio señorial. Habría que incluir también un capítulo interesante en la adquisición de lugares para la repoblación, fruto de la enérgica política pobladora mantenida por varios señores. Ese fue el caso, por ejemplo, de algunos lugares del estado de Arcos en esa especial confrontación que se dio entre Los Palacios del Atalayuela y Villafranca de la Marisma. Esa idea de la gran figura mítica del linaje que explicaría mentalmente la posesión de señoríos de la zona la podemos ver también en el caso de Arcos, donde el personaje del Gran Marqués de Cádiz, su participación en la guerra de Granada y su completa disposición al servicio real constituyen una potente imagen mental que se va transmitiendo entre los sucesores de la casa de generación en generación; y entre la población que vivía en sus villas y lugares, como es el caso de Los Palacios del Atalayuela.

Se está hablando mucho en círculos intelectuales de este siglo XVII de si la administración señorial tenía su espejo en la real, y qué grado de semejanza había entre una y otras. Y, sobre todo, dónde se ha vivido mejor hasta la fecha, si en las villas de realengo o en las villas de señoríos.

Es claro que había un modelo organizativo de gobierno bajo criterios de racionalidad administrativa que tienen entidad por sí mismos, independientemente del «modelo» real. Una racionalidad presente al vincularse los señores —en contra del mito tan extendido— a una clara política de sacar el máximo partido de sus dominios, y dando la mayor importancia a una buena gestión.

Por eso la corte señorial era tan importante como núcleo creador de una imagen de autoridad, como centro de actividad religiosa orientada a la legitimación del poder señorial y como sede de las instituciones del gobierno señorial estatal. Es allí donde tenían y tienen los señores sus instituciones más importantes y donde los vasallos que allí residen, al gozar de la proximidad de los señores, tienen algunos privilegios, como el hecho de que las instituciones asistenciales se volcarán allí como en ninguna otra parte de los estados.

La figura que representa el poder militar y de seguridad del señor es el alcaide, el representante de gobierno y/o la justicia del señor en las distintas villas del estado señorial. Le acompañan los corregidores señoriales, que tienen una doble condición de actuar bajo las funciones públicas del gobierno y la justicia, pero también privadas, en función de los intereses señoriales.

Quiero cerrar este capítulo declarando que, en el nombramiento de esos cargos, está presente la patrimonialización de los mismos en las llamadas dinastías de servidores señoriales. Solían ser hombres, además, de una posición económica muy acomodada. Su sueldo era bastante alto y se detraía de la hacienda señorial. Los tesoreros, contadores y corregidores de las villas eran los oficiales señoriales con sueldos más elevados. Os traigo algunos ejemplos: el corregidor o asistente de Marchena cobraba en esta época 45 000 maravedís anuales, mientras que el corregidor de Paradas, 35 000 y 12 fanegas de trigo, y el de Zahara, 30 000 maravedís y 30 fanegas de trigo.

Tened en cuenta lo dicho para cuando Diego y Elvira se vayan haciendo un hueco en la vida social y económica de Villafranca de la Marisma.

DE SOL A SOL

La primera noche en Villafranca de la Marisma la pasaron en el corral de la casa de Ana, la vecina que le había ofrecido a Elvira la acogida en ese día.

Mientras Ana preparaba una sopa a base de coles y huesos de pollo, Diego y Elvira se acomodaron en la parte trasera de la casa a resguardo de la intemperie y del campo abierto. Daba seguridad pasar la noche entre cuatro paredes.

Acababa el mes de junio de 1504 y quedaba todo un verano por delante para aprovechar sus largos días en los trabajos de sol a sol que tenían que hacer. Diego y Elvira comentaban entusiasmados lo que habían vivido en aquel día que iba a quedar sellado en sus vidas para siempre:

—Qué buena persona es Ana, ¿verdad, Diego?

—Pues sí... Cualquiera no mete en su casa a unos desconocidos.

—Bueno, ella sabe que no le vamos a causar ningún problema y mañana nos vamos a nuestro solar y lo preparamos para quedarnos allí.

Hubo un silencio que lo rompió Diego:

—Claro... Mañana tengo que buscar a los oficiales del cabildo para reunir el material de construcción de nuestra casa.

—¡Nuestra casa! —Elvira exclamó emocionada—. No me lo puedo creer, Diego... Está todo saliendo tan bien que me da un poco de miedo.

—No te preocupes, Elvira, ya verás como todo sale bien. Ya los has escuchado a ellos: con trabajo están saliendo adelante y a eso hemos venido aquí: a trabajar nuestra propia tierra y a hacer nuestra casa.

Diego quedó pensativo.

—¿Sabes qué apellido tiene Manuel, el marido de Ana?

—No... ¿Por qué? —preguntó intrigada Elvira.

—Se llama Manuel Begines... y, al decirle el mío, Algarín, no ha tenido reparo en decirme que es cristiano nuevo: sus padres eran judíos que se convirtieron cuando los reyes ordenaron salir a todos los judíos que no abrazaran la religión cristiana, la verdadera...

Elvira se incorporó del colchón y en la oscuridad de la noche quedó mirando a su marido con un punto de inquietud.

—Pero eso... No vamos a tener problemas... Si ha jurado a Dios nuestro señor.

—Eso le he dicho... Y le he contado que mis abuelos eran moriscos y que, si respetamos las reglas de la Iglesia, no nos va a pasar nada.

—Pero ya sabes, Diego, que siempre la gente nos va a señalar... Hasta que no pase otra generación, esto no va a cambiar.

—Pues, mira, mañana es sábado y estaremos trabajando todo el día, pero el domingo tenemos que ir a la iglesia de Los Palacios para cumplir con el día del Señor.

—Claro, eso haremos, como buenos cristianos.

La noche serena de verano dejaba ver un cielo estrellado sin luna. Diego y Elvira se durmieron pensando cada uno en sus esperanzas para el tiempo que empezaba ahora.

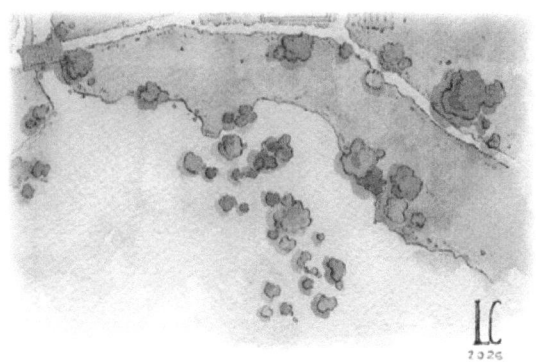

1507, ANTES DE LA EPIDEMIA DE PESTE

Yo, Francisco de Orellana, escribano de la villa de Villafranca de la Marisma no soy quién para contar la vida de la familia Algarín González. Los autores de este libro lo están haciendo muy bien... Pero sí puedo hacer que pase por vuestra imaginación lo que se aceleró la historia en este comienzo de siglo.

Apenas ha empezado la centuria y la reina Isabel fallece. Unos dicen que de acumulación de líquidos en todo su cuerpo; otros, de tristeza después de ver morir a su hijo Juan, heredero, a su hija Isabel y a Manuel, hijo de Isabel. En 1504 Castilla y Aragón lloran la muerte de una reina que había cambiado el rumbo de la historia junto a su esposo Fernando de Aragón. En su testamento dejó instrucciones muy claras sobre cómo debía gobernarse Castilla. Además, ratificó su deseo de que su hija Juana fuese su sucesora, junto con su marido Felipe de Borgoña como rey consorte, y

> ordeno e mando que cada e quando la dicha Princesa mi hija no estoviere en estos dichos mis Reynos, o después que a ellos viniere en algun tiempo aya de ir y estar fuera dellos, o estando en ellos no quisiere o no pudiere entender en la governación de ellos, que en qualquier de los dichos casos el Rey mi señor rija, administre e govierne los dichos mis Reynos e Señoríos [...] fasta en tanto que el Infante Don Carlos mi nieto, hijo primogénito heredero de los dichos Príncipe e Princesa sea de edad legítima.

Con lo que acabo de mostrar a los lectores, el conflicto estaba servido: por un lado, Juana era heredera plena de Castilla, pero, si no quería o no sabía de la gobernación del reino, sería su padre, Fernando de Aragón, quien se haría cargo del trono. ¿Dónde quedaba el papel de Felipe, esposo de Juana?

Cuentan las crónicas de la corte de Borgoña que Felipe montó en cólera y forzó a Juana, embarazada por tercera vez, a viajar a Castilla para hacer efectivo su nombramiento como reyes de Castilla. Juana le advirtió que la reina era ella, pero se doblegó a las pretensiones de su marido y vinieron a que las cortes castellanas los reconocieran como monarcas. Fernando de Aragón, contra su voluntad, se replegó a sus tierras aragonesas a la espera de un tiempo en que el proyecto común de unir Castilla y Aragón se cumpliera.

Y la oportunidad llegó de forma trágica: Felipe de Habsburgo murió en 1506 de manera súbita, la reina Juana cayó en un estado mental complicado y Fernando de Aragón se hizo cargo de la regencia de Castilla según establecía el testamento de la difunta Isabel.

Mientras, la vida continuaba en Villafranca de la Marisma. Tal y como le sugirió a Diego el jurado Rodrigo Cataño la casa estaba lista para ser habitada por San Miguel. La ayuda del equipo de caleros, tejeros y ladrilleros que mandaba el oficial del Cabildo de Sevilla cumplió con su cometido. Al mismo tiempo, con la ayuda de Manuel Begines y otros hombres de la villa, hicieron el desmonte de la aranzada otorgada y pudieron plantar las viñas que les habían suministrado.

Elvira, que estaba embarazada, se encargó, junto con sus hijos, de la puesta en cultivo del huerto familiar que cada vecino tenía a orillas del arroyo. El primer invierno que pasaron en su nueva casa pudieron comer de lo que sacaron del huerto; en el corral, aparte de las cabras —su hijo Diego era el encargado de sacarlas a triscar por las tierras de la marisma— tenían ya media docena de gallinas con un gallo cantarín que les aseguraba lo básico para seguir adelante.

Como las viñas tardarían varios años en empezar a producir, Diego, en acuerdo con su amigo Manuel Begines y otros dos vecinos, empezaron a criar terneros, contando para ello con el derecho de uso de la marisma que les otorgaba la carta puebla de 1501. Más de la mitad de los nuevos pobladores tenían en la cría del ganado su fuente de ingresos.

Una decisión importante que tomaron ambos, Elvira y Diego, fue que sus hijos mayores acudieran a la escuela que tenía abierta el señor de Los Palacios. Habían comprobado cómo sus conocimientos les estaban abriendo puertas para construir un futuro para ellos. Cada día se juntaban en una dependencia del castillo una veintena de niños que recibían del maestro, pagado por el concejo señorial, los rudimentos en la lectura, la escritura y las cuentas básicas. Para sus hijos Elvira y Diego fue un tiempo de aprender, hacer amigos y jugar alrededor de la línea que separaba las dos poblaciones: el arroyo de la Rayya.

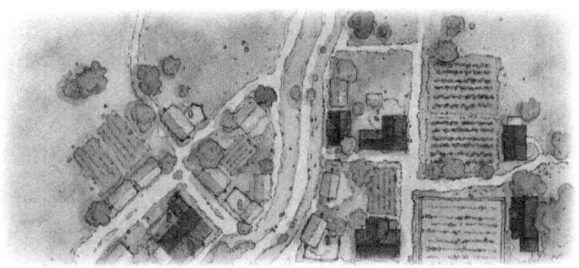

«TENGAS PLEITOS Y LOS GANES»

A sí reza un viejo aforismo, más bien una indiscutible maldición, que se atribuye a la etnia gitana y con la que se quiere resaltar de manera muy notable que litigar, aunque al final ganes el juicio, es una verdadera pesadilla.

Un pleito funciona así: después de años de instrucción, de miles de folios de documentación, de pruebas y más pruebas, testimonios y toda la parafernalia judicial, se produce una sentencia, medida, sopesada, meditada, que no contenta a nadie. A continuación, un recurso tras otro hasta llegar a la Real Chancillería de Granada y al Consejo Real de Castilla.

Hay casos en los que sí contenta, por lo menos a la parte que sale beneficiada, pero en la mayoría de ellos se han visto pasar los años para que la justicia se decante a su favor. Aunque gane, ha soportado ya una verdadera condena que es la pena de banquillo.

Se define la justicia como «la constante y perpetua voluntad de dar a cada uno lo que es suyo», pero tenemos este refrán que viene a puntualizar dicha definición: «A premiosa demanda, espaciosa sentencia». Y de eso quiero hablaros, querido lector.

Desde finales del siglo XV, los conflictos entre el Concejo de Sevilla y el ducado de Arcos están presentes, ya que el lugar señorial de Los Palacios del Atalayuela quedaba exento de pagos municipales dado que se encontraba dentro de las cinco leguas de distancia con Sevilla, que era el límite territorial para poder hacer efectivo dichos pagos. Y para acabar de liar aún más la situación, en 1501 el cabildo sevillano emite la Carta Puebla para una nueva población: Villafranca de la Marisma —al principio de este libro se narra el trabajo de la Comisión Municipal delegada que arbitró esta creación de una villa franca—. Las denuncias y reclamaciones se van a suceder unas tras otras.

Por poner un poco de orden en lo que se va a vivir durante el siglo pasado —os recuerdo, lector que soy

Francisco de Orellana y que estamos en el año mil y seiscientos y treinta y uno del Señor—, he podido conocer una instrucción llevada por el Concejo de Utrera en febrero de 1493 ordenando el apresamiento de ganados de vecinos de Los Palacios del Atalayuela por talar árboles en terrenos comunales a los que no tenían derecho dichos vecinos.

En el año 1500, el Concejo de Sevilla, a través del recién nombrado juez de términos da instrucciones a Utrera contra noventa vecinos de Los Palacios del Atalayuela por plantar viñas en tierras comunales.

Ese mismo año, oficiales al servicio del Concejo utrerano recogen peticiones de vecinos de Los Palacios del Atalayuela de irse a otras localidades. A tres de esas familias les conceden vecindad en Utrera por diez años.

En 1502, Diego Martín de Montilla, criado y cazador real, cuenta que al pasarse a vivir como vecino de Villafranca de la Marisma pudo mantener sus viñas declaradas ilegales por una instrucción judicial anterior.

Tengo que dejar claro que la mayor parte de estos pleitos los realizaban de oficio los jueces de término nombrados al efecto. Lo digo por quitar la leyenda que en siglos siguientes va a circular de que fueron vecinos de Villafranca de la Marisma los que denunciaban para después quedarse con las aranzadas que eran quitadas a los vecinos de Los Palacios del Atalayuela. Como es comprensible la convivencia entre ambas localidades se hacía complicada. Para muestra lo que les pasó a los protagonistas de nuestra historia en el año 1510.

LA MAÑANA DE SAN JUAN

Había amanecido fresquita la mañana de este día que iba a cambiar el rumbo de Villafranca de la Marisma. Hacía más de tres meses que el cabildo hispalense había mandado la orden de que tocaba elegir alcalde ordinario según establecía la Carta Puebla de 1501. Y tenía que ser elegido el día 24 de junio, fiesta de San Juan Bautista, como establecía la ordenanza municipal.

Había estado en Villafranca Francisco de Pinelo, jurado y ejecutor, que actuó en nombre del asistente real Juan de Silva realizando el censo de vecinos para llevar a cabo la elección. Todos los vecinos estaban advertidos de que ese día estaban exentos de ir a trabajar con obligación de asistir, a la hora sexta (del *ángelus*), a la casa del cabildo para ejecutar la ordenanza real.

Con todo lo dicho, ni que decir tiene que era un día de fiesta en Villafranca de la Marisma, a la que se unieron numerosos vecinos venidos de Los Palacios del Atalayuela curiosos de un evento que no se había llevado a cabo nunca por aquellos lares.

El escribano Juan Parejo, contando con la ayuda de dos oficiales venidos de Sevilla, había preparado la Casa del Cabildo donde se iba a celebrar la elección del primer alcalde ordinario de Villafranca de la Marisma. La sala de reuniones estaba ocupada por los encargados de ejecutar la ordenanza y frente a ellos se fueron sentando en taburetes y bancos los veintiún vecinos incluidos en la lista de electores. Fuera había un nutrido público de mujeres y niños que esperaban ansiosos el resultado de la votación: cualquiera de ellos podía salir de la sala como alcalde ordinario de la villa franca.

Todos esperaron en actitud de respeto a que la campana de Santa María la Mayor (en Los Palacios del Atalayuela) acabara el toque de la hora sexta. El escribano comenzó a nombrar a cada uno de los asistentes para que se acercaran a la mesa de votación y dejaran constancia por escrito u oralmente el nombre del vecino que quería como alcalde. Bajo la supervisión del jurado llegado de Sevilla, se realizó la votación y mandó desalojar la sala de juntas para ejecutar el resultado y transmitirlo al cabildo de la capital.

La expectación que había entre los que esperaban duró poco, ya que en un breve lapso de tiempo salió el escribano de Villafranca de la Marisma y, con una voz engolada y muy en su papel de dar una noticia importante para la historia del pueblo, dijo:

—En cumplimiento de la ordenanza real que establece que el día 24 de junio, fiesta de San Juan Bautista, se lleve a cabo, donde proceda, la elección de alcalde ordinario, confirmo que en tiempo y forma se ha realizado la votación por parte de la nómina de vecinos habilitados para tal fin. Una vez comprobados los nombres escritos o dichos por los asistentes confirmo que el nombre más votado ha sido el de Diego Algarín de Estepa que, a partir del momento en que recoja su credencial en Sevilla, pasará a ejercer como alcalde ordinario de Villafranca de la Marisma con la asunción de todos los derechos y responsabilidades que este cargo conlleva, nombrando alguacil, regidores y jurados... En Villafranca de la Marisma, el día 24 de junio del año del Señor de 1510... Firmado: Francisco de Pinelo, fiel ejecutor del asistente real Juan de Silva.

Acto seguido, fijó en la puerta de madera de la sala del cabildo el pergamino que recogía todo lo que había leído. Mientras, entre la gente que había estado a la espera, se produjo un hecho muy particular: todos estaban alegres y quisieron acercarse a Diego para felicitarlo y desearle suerte además de ofrecerle su ayuda en caso de que la necesitara.

—¡Esto hay que celebrarlo! —dijeron varias voces dando por hecho que iba a ser un día de fiesta.

—¡Sí! —dijeron otros—. Vamos a prepararlo todo. Los vecinos se pusieron en marcha para hacer del día una celebración de todos. Como habían hecho hasta ahora cuando tenían que hacer algo que afectaba a todo el mundo. No había distingos entre unos y otros, sino que cada uno asumía la función que le tocaba en beneficio del común.

Botas de vino y garrafas de mosto joven del lagar traídos por Francisco Caro, el mesonero de Los Palacios, que se había avecindado en Villafranca; longanizas y encurtidos, así como hogazas de pan del horno de Manuel Begines fueron llenando las mesas que los niños se estaban encargando de traer y colocar de manera irregular en la explanada que estaba delante del cabildo junto al arroyo de la Rayya. Hasta una guitarra empezó a sonar entre las manos del Niño del Fraile y se escuchaban vítores y canciones que alegraron el día... Las mujeres hacían corro en torno a Elvira González, la esposa del flamante alcalde.

—¡Qué bien, Elvira! Y parece que fue ayer que llegasteis asustados sin saber lo que iba a pasar.

—Y que lo digas, Isabel... Fuiste la primera vecina que nos recibió y me acuerdo de que...

—Me acabo de enterar, Elvira... ¡Qué alegría!

—Gracias, Ana... Sin vosotras —dirigiéndose a todas ellas— no hubiéramos salido adelante.

—Ha sido... está siendo un trabajo de todos Y ahora empieza un tiempo mejor. ¡Ya veréis! —apostilló Ana.

Elvira quedó pensativa un momento y una nube de tristeza le cruzó la mirada. El recuerdo de su hijo Diego, fallecido en la peste de 1507[9] le nubló por un instante la celebración, pero se rehízo rápidamente cuando los mellizos Isabel y Fernando, dos críos sanos y vivarachos, se le abrazaron a la cintura y la hicieron reír. Todavía se acordaba de cuando nacieron y de cómo Ana se metía con ella por haber tenido dos, cuando era un dicho popular que el segundo nacido era del querido. Miró a su amiga, que estaba preparando una mesa con todos los avíos para sentar allí al nuevo alcalde, y le agradeció en el alma la ayuda que había recibido de ella en los momentos malos.

Diego Algarín estaba serio. Se sentía arropado por sus vecinos, pero era consciente de la responsabilidad que le había caído encima. Tenía pensamientos contradictorios: por un lado, una cierta aprensión ante lo que se le abría en el futuro; y, por otra parte, un sentimiento de haber conseguido lo que andaban buscando al llegar a Villafranca de la Marisma. Miró a los que le rodeaban y eso bastó para que todos recibieran su agradecimiento por haber puesto en él su confianza de ahora en adelante en los asuntos que interesaban a todos.

—Venga, hombre, no te quedes tan serio… —Su amigo Manuel Begines intentó sacarlo de su ensimismamiento.

—¡Lo que va a cambiar Villafranca! —aseguró otro.

—No depender en todo de Sevilla nos ofrece muchas más ventajas… —vaticinó un tercero.

—Y podremos traer a más pobladores para que el pueblo siga creciendo... —soñó uno más de los que rodeaban a Diego en ese momento.

Lo cierto es que se abría para la nueva población todo un abanico de nuevas posibilidades al tener cabildo propio y asumir ellos mismos las funciones que le otorgaba el concejo sevillano: la justicia menor, los turnos del molino, el uso del agua, la defensa del pasto común y, además, los impuestos, el comercio y las licencias de labranza.

Con todo eso en la cabeza, Diego llevó la mirada hacia las casas de Los Palacios del Atalayuela sabiendo que allí había una fuente de problemas que tenían que afrontar de una manera delicada. Había muchos pleitos abiertos contra los vecinos del señorío, y el duque de Arcos no se iba a quedar parado en su táctica de usurpación de tierras y regalías para su población.

En esa estaba cuando sintió una mano vigorosa que lo agarraba por el codo y le obligaba a mirar a la persona que llamaba su atención. Era el alcaide de Los Palacios del Atalayuela, nombrado por el duque de Arcos el año anterior y que había venido expresamente delegado por este para presenciar la elección del alcalde de Villafranca de la Marisma.

—Me llamo Felipe Cortines y os traigo la felicitación de mi señor, don Rodrigo Ponce de León.

Todo sonó ostentoso y grandilocuente, pero Diego se volvió con su mirada franca hacia la persona que le estaba hablando y supo que allí iba a encontrar algún quebradero de cabeza de ahora en adelante. Eso le llevó a tomar fuerza en su decisión de ejercer el cargo para el que le habían elegido.

—Sí... ya os conozco... de cuando vamos a la misa. Aunque siempre os he visto de espaldas, porque como los de Villafranca estamos en la parte de atrás... Ya el vicario cura de Santa María la Mayor, don Andrés Bernal, nos indicó cuál era el sitio de los de Villafranca cuando vamos a la iglesia... Muy agradecido al señor duque por su deferencia... —Su tono de voz fue creciendo a medida que se reconocía como interlocutor directo con la persona que ejercía el poder en Los Palacios.

—El señor duque pone a su disposición toda nuestra experiencia en la administración del señorío para que pueda hacer su labor de una manera justa y positiva para todos.

—Estoy seguro de que vamos a acordar muchos asuntos que están pendientes desde hace tiempo y que podemos darle solución... En la medida que nosotros podamos hacerlo desde Villafranca de la Marisma... —acentuó esa última parte de su discurso mirando fijamente al alcaide del pueblo vecino con una sonrisa contemporizadora y un apretón en el brazo de su interlocutor.

Felipe Cortines manifestó la desazón que le acometía, pero no tuvo más remedio que dar el mensaje completo de su señor.

—Se lo haré llegar... No le quepa la menor duda. Mientras tanto, me complace decirle que el señor duque tiene disponible todos los lunes por la mañana para dar audiencia a sus súbditos.

Diego enarcó su ceja izquierda y no pudo evitar una sonrisa.

—Claro…, sus súbditos… Los lunes por la mañana los tenemos acordados como asamblea del cabildo municipal de Villafranca de la Marisma. Tendremos que buscar otro momento. ¿No creéis?

El alcaide del señorío se envaró y amortiguó el mensaje que había recibido del nuevo alcalde de Villafranca como autoridad máxima de la villa.

—De acuerdo, señor alcalde… Ahora tengo que retirarme. Espero que disfrutéis de este día de celebración.

Mientras ambos hombres intercambiaban estas palabras, se había hecho el silencio en el grupo de vecinos que acompañaba en ese momento a Diego. Una vez que Felipe Cortines se despidió retirándose de la reunión, Manuel Begines hizo un aparte con Diego.

—Esto… ¿Qué ha sido? ¿Una advertencia? Siempre están vigilándonos, como si nosotros fuéramos los intrusos… Cuando son ellos los que crean los problemas… ¡Que no se enteran! Que ellos no tienen reconocido ningún derecho sobre las tierras que han ocupado.

—Tranquilo, Manuel, esto lo hemos hablado muchas veces, hombre. Y a este problema tenemos que hacerle frente con tiento porque, al fin y al cabo, somos vecinos y hay que convivir de la mejor manera posible.

El enfado de Manuel era ostensible.

—Vamos, Diego... Tú siempre tan optimista. Ya sabemos que el señor duque tiene el objetivo de que Villafranca de la Marisma sea parte de su estado.

El nuevo alcalde de Villafranca de la Marisma quiso tranquilizar a su amigo, aunque lanzó una mirada con cierta preocupación hacia el castillo del Atalayuela.

—Estoy seguro de que, si eso se plantea en alguna ocasión, los de Villafranca no lo vamos a permitir. Posiblemente nosotros no lo veamos, pero seguro que nuestros descendientes estarán preparados para impedirlo... Volvamos a la fiesta y disfrutemos del día.

El grupo de hombres se acercó a las mesas que las mujeres habían estado preparando para celebrar el acontecimiento que los había unido aquella mañana de San Juan. El murmullo de las conversaciones, las risas espontáneas y el griterío de la chiquillería daban a la reunión un aire festivo que nadie trataba de ocultar.

Eran una piña junto a su nuevo alcalde, y Diego Algarín se sentía arropado por sus vecinos que lo miraban como la persona que podía hacer que se mantuviera aquella unión y solidaridad que les había caracterizado desde que habían llegado a la nueva población, a punto de cumplir diez años desde su creación.

Elvira no perdió ocasión de ir hacia su marido y abrazarlo. Ella sabía que Diego era muy reservado en eso de manifestar halagos y caricias en público, pero aprovechó la ocasión para darle un achuchón cariñoso y estamparle dos besos muy sonoros que hizo que la gente que estaba cerca aplaudiera...

—¡Que se besen, que se besen! —Se escuchó como si aquello fuera una boda, pero, ya se sabe, en momento de alegría todo se consiente y casi todo se permite.

Enlazados por la cintura, se dirigieron hacia una mesa central adornada con un mantel de lienzo blanco y dispuesta para acoger a la autoridad de la población. Cuando Diego se sentó y llamó a su lado a su grupo de confianza, la alegría y los aplausos se escucharon hasta en Los Palacios del Atalayuela. De hecho, había numerosos vecinos del señorío que los observaban desde el otro lado del arroyo de la Rayya.

Ya sonaba la guitarra del Niño del Fraile y Anabel de Vico entonaba una seguiriya...

LA HISTORIA CONTINÚA

Hace más de un siglo que Villafranca de la Marisma comenzó su andadura después de la publicación de la Carta Puebla en 1501. Y ahora que doy por concluida una parte de la historia de la familia Algarín González, yo, Francisco de Orellana, escribano de esta villa franca, tengo a bien contaros mis cuitas ante el futuro de mi pueblo.

Como ya os he dicho en otras ocasiones, estoy escribiendo estas líneas en 1631, y ya os expuse muy al principio de esta redacción que tenía un interés personal en que ese documento que daba carta de naturaleza a Villafranca de la Marisma (de Sevilla) llegara intacto a las generaciones venideras. Si estáis leyendo estas líneas que salen de mi pluma, misión cumplida.

Tengo que deciros que densos nubarrones se ciernen sobre las Españas desde el momento y hora en que nuestro rey Felipe IV ha publicado el siguiente decreto:

El Rey

Por cuanto por el asiento que en tres de mayo de mil seiscientos veinticinco se tomó por mi mandado (...) y como diputados de los hombres de negocios referidos en él, sobre un millón cincuenta y ocho mil setecientos cincuenta escudos y ducados que se encargaron de proveer en estos Reinos Milan y Genova (...), di poder y facultad irrevocable a los dichos diputados para que puedan vender en mi nombre hasta en cantidad de diecisiete mil quinientos vasallos de cualesquier villa y lugares de realengo de estos reinos, que yo pueda vender, así de behetría, (...) y que las dichas ventas se puedan hacer a cualesquiera persona, universidades eclesiásticas y seglares, así naturales como extranjeros, de estos reinos, contando los vasallos del distrito del Tajo allá, a dieciséis mil maravedís por vecino y los del Tajo acá a quince mil.

Este decreto se publicó en 1626 y desde ese momento no ha parado de aplicarse y de provocar no pocas preocupaciones tanto para los vasallos vendidos, como para la corona de las Españas. A unos por la pérdida de sus derechos y a la otra por la nefasta gestión de los cobros que la Real Hacienda no logra actualizar.

Yo estoy escribiendo estas páginas en el verano de mil y seiscientos y treinta y uno, cuando hace apenas tres meses que nuestro monarca ha puesto en puja la venta de Villafranca de la Marisma, de sus gentes, derechos y privilegios, así como de los lugares que están bajo su jurisdicción... Y sí, ya sabéis quién está interesado en la compra: el señor de Los Palacios, el duque de Arcos. Mi propósito es poner de manifiesto que este hecho estaba alterando el estatus jurídico de muchos municipios castellanos. El objetivo estaba muy clarito en el decreto real: incrementar los recursos de la Real Hacienda por medio de ventas de cargos, oficios, mercedes y jurisdicciones[10].

No se sabe en qué momento surgió la idea de vender vasallos de realengo. La primera indicación concreta es una consulta del Consejo de Hacienda, de fecha 20 de abril de 1623, avisando al soberano que era preciso pedir a las Cortes el consentimiento para verificar esta operación, pues de lo contrario no podrían cumplirse los asientos estipulados con los hombres de negocios —léase banqueros reales—, en atención a los gastos hechos en la conservación de «la reputation y jurisdiccion desta Monarchia». Estaban recientes las victorias del Brasil y Breda. 1625 fue un *annus mirabilis* para la corona hispánica, pero los gastos militares necesitaban ser sufragados.

El precio era el mismo a que se vendieron las jurisdicciones en el siglo anterior: 15 000 maravedís por vecino para las poblaciones situadas a la derecha del Tajo, es decir, en territorio de la Chancillería de Valladolid, y 16 000 en los de la izquierda de dicho río, pertenecientes a la Chancillería de Granada; pero también podían venderse, atendiendo a la extensión del término, a 5600 y 6400 ducados, respectivamente, la legua cuadrada, y la Hacienda Real podía elegir la evaluación que le resultase más beneficiosa.

En las cláusulas de venta había una que autorizaba al comprador a quitar los alcaldes ordinarios, los de hermandad, los alguaciles «y otras qualesquier personas que ejercen jurisdicción», y poner otras.

Esto equivale a decir que mi oficio de escribano también está en venta, lo que me lleva a tener prisa en dejar constancia de documentos que en el futuro sean necesarios para los vecinos de Villafranca de la Marisma.

Doy conclusión a mis escritos con la duda sobre el devenir de mi pueblo. No viviré para conocer el desenlace de lo que se avecina, pero lo que sí me queda claro es que el vecindario de Villafranca de la Marisma va a responder de una manera unida a todos los desafíos que la historia les presente. Y estoy seguro de ello porque lo han venido demostrando desde su fundación: juntos levantaron sus casas, juntos superaron sequías y epidemias, juntos han creado una comunidad fuerte y juntos darán respuesta a los avatares del tiempo que está por llegar.

Los herederos de Elvira González y de Diego Algarín serán fieles albaceas de los capítulos de la historia que se han escrito hasta la fecha en Villafranca de la Marisma y protagonistas del tiempo que está por llegar.

NOTAS DE AUTOR

[1] Licencia que pide un escribano de 1631 para utilizar la figura literaria *juego de tronos* que se usará en el siglo XXI.

[2] Descripción de la casa palacio del señor de La Algaba situada en la calle Feria de Sevilla: **https://www.sevilla.org/palacio-marqueses-de-la-algaba/instalaciones/origen-y-evolucion-historica-del-palacio-marqueses-de-la-algaba**

[3] Resulta interesante constatar cómo los Reyes Católicos fueron afianzando su poder sobre el Cabildo hispalense transformando las esferas de poder dentro de él. Para ello ha sido de gran ayuda la publicación de José María Navarro Sainz *El concejo de Sevilla en el reinado de Isabel I (1474-1504):*

> La eliminación de los «atamiento» era un objetivo prioritario en la lucha que los Reyes mantenían para recuperar el control político de Sevilla y eliminar los bandos y parcialidades. Ese mismo día, el escribano mayor del cabildo, Juan de Pineda, recibió el juramen-

to de los oficiales que estaban presentes en el cabildo. El del resto de los alcaldes mayores, regidores y jurados se efectuó en días sucesivos.

[4] En el año 1631, el escribano Francisco de Orellana, del Cabildo de Villafranca de la Marisma, realizó una copia autenticada de la Carta Puebla de 1501, con el fin de garantizar su conservación y uso jurídico en los pleitos territoriales mantenidos por la villa en esa época. Esta copia fue remitida al Archivo del Concejo de Sevilla, donde permaneció catalogada hasta su hallazgo reciente en el Archivo Histórico de la Nobleza (Toledo), dentro del fondo de la Casa de Osuna bajo el título: *Copia de la carta de población otorgada a los vecinos de Villafranca de la Marisma en el año de mil y quinientos y uno. Escrita y firmada por mí, Francisco de Orellana, escribano público y del Cabildo.*

[5] Este capítulo se apoya principalmente en la publicación de Daniel Rodríguez Blanco (Universidad de Sevilla) sobre *La Encomienda Santiaguista de Estepa en la política del Reino de Sevilla* y en **cuadernosdeestepa03.pdf**.

[6] Tal y como hizo Francisco de Orellana en su momento de visitar archivos locales para escribir este capítulo de su historia, también hemos tenido que indagar en documentos notariales que han dado pie a publicaciones especializadas como las siguientes:

– Los estudios sobre el mueble español del Quinientos parten de los realizados por María Paz Aguiló, que inició su investigación más completa, sistemática y rigurosa. Entre sus publicaciones, destaca su libro sobre el mobiliario de los siglos XVI y XVII (Aguiló, 1993).

– Mobiliario siglo XVI.pdf

[7] Para conocer los caminos que siguieron nuestros protagonistas: **Caminos desde Puebla de Cazalla.pdf**, escrito por Juan Moreno de Guerra y Alonso (1912) en el Boletín de la Real Academia de Historia.

[8] La formación de los señoríos tiene una trascendencia fundamental en la historia de España. Fue un proceso variado y complejo con múltiples componentes de los que se puede saber con la publicación de José Luis Villalonga Serrano *Jurisdicción y propiedad. La actuación de los Ponce de León en la tierra de Sevilla (siglo XV).*

[9] Ha resultado interesante constatar la importancia que fue adquiriendo la ermita-hospital de San Sebastián para fundamentar la comunidad de vecinos de Villafranca de la Marisma. Para ello sugiero la lectura de **San Sebastián, mártir y protector contra la peste.pdf.**

[10] Manuel Danvila y Collado nos ofrece en *Nuevos datos para escribir la historia de las Cortes de Castilla en el reinado de Felipe IV* la siguiente información:

El rey Felipe IV desde Madrid, á 3 de Mayo de 1621, comunicó al Presidente del Consejo el siguiente Real decreto: «La concesion del servicio ordinario y extraordinario se a acabado, como sabeis, y corre el tiempo de sus pagas sin estar concedidas, y con la dilacion reçiue mi real hazienda mucho daño, por que los hombres de negocios, no estando esto hecho, y la consignacion que se les ha ofrecido fija, no pagaran lo que son obligados, y los intereses de la dilacion son grandes, y para este effectto será bien que luego se hagan las combocatorias de Cortes de que me avisareis.» Por Real cédula de 13 de mayo de 1621 fueron convocadas Cortes para el día 13 de junio siguiente. El secretario Juan de Ciriça suscribió, en 18 de mayo de 1621, una relación de los gastos que se habían hecho, desde el afeo 1617: «...Mag.^{d} no acudiera al Remedio con sus fuerças como lo hizo con toda presteça sustentando por esta misma ocasion á Vn tiempo Tres exercitos. Uno que en Bohemia acudio á conquistar y Recobrar lo perdido, otro de Veinte y quatro mil Infantes con que entro el Marques Ambrosio Espinola en el Palatinato, otro que á este mismo tiempo se formo en Flandes para oponerse á los intentos de Olandeses en lo qual se han gastado y Van gastando sumas muy considerables Respecto de las fuerças con que cargaron los enemigos que fueron grandes y estos gastos que han pasado estos años de 4.000.000 millones se havran de continuar adelante hasta que del todo cesen aquellas ocasiones á lo qual se añade agora el que se habra de tener en Flandes por haverse acavado la tregua pues demas de la provision ordinaria que alli se embia que es de 1.500.000 al año se han de embiar desde Abril en adelante 120.000 mil ducados mas al mes los 100.000 para Reforçar el exercito y los 20.000 para el sustento de Una Armada de Veynte Navios que se ha de mantener en las costas de Flandes Dios guarde á Vm. muchos a.

»...que oy en dia monta 150.000 ducados cada mes la paga de la gente de guerra ordinaria y extraordinaria que su Mag.^d sustenta en el Estado de Milan.

»Que demas desto todos los años ha sido menester Juntar Armada de Galeras en Meçina para oposicion de la del Turco.

»En El America. Se puede dezir la continuacion de embiar Religiosos para la doctrina de los Indios, y la continuacion de la guerra de Chile por que si no se hiziese aquella nacion es tan feroz que se atreveria á entrar en las Provincias y Reynos del Piru.

»Cada año se gastan en las Filipinas mas de 300.000 ducados en sustentar la guerra con los Moros y con los hereges setentrionales, y aunque su M.^d no saca provecho de aquellas partes y ha tenido parezeres de abandonar aquellas Islas: solamente por que no se pierda la mucha Xpiandad que ay en ellas, y el fruto que se ha hecho en la fe por medio de los obreros que ha enbiado; no lo ha querido hazer sino embiar socorros con mucho gasto suyo, como lo ha hecho de la nueva España y mando que se hiciese con una armada que se vino en el estrecho de Gibraltar y despues fue necesario embiar la gente á Italia, lo qual costó 500.000 ducados y mas y otros tantos, otra armada que para socorrer á Chile fue á solicitar El g.º Ju.º Ruiz de Contreras, que por los malos tiempos quiso Dios que peligrasse.

»En la Mar del sur ha continuado su M.^d en tener armada con mucho gasto para la guarda contra los Corsarios.

Esta segunda edición de *1501... Nace Villafranca de la Marisma*, de Francisco Toledo Román, terminó de imprimirse en marzo de 2026.